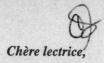

Chère lectrice,

Qu'avez-vous demandé au Père Noël cette année ? Sans doute allez-vous me répondre impulsivement : tel ou tel cadeau… Mais si vous sondez votre âme, n'y a-t-il pas quelque chose de plus personnel, quelque chose d'impalpable, tellement plus précieux à vos yeux qu'un présent, qui vous rendrait heureuse ?

Ainsi, ce que la petite Maddy attend de Noël, ce n'est pas le plus gros jouet du magasin, non ! Elle espère que son père voudra la garder près de lui, pour la vie. Si seulement Jared savait exprimer ses sentiments, il le lui dirait sûrement… Mais il a besoin de Nikki, la seule capable de l'aider à ouvrir son cœur… N'est-elle pas l'amie personnelle du Père Noël ?

Noël, c'est aussi le temps des miracles. Et Wendy n'en attend pas moins du Dr Pommier. Car seule une opération guérirait sa jambe, et lui redonnerait goût à la vie. Mais Wendy ne fait-elle pas fausse route ? Sa blessure n'est-elle pas plus profonde, n'est-elle pas enfouie dans le secret de son cœur ? N'est-ce pas une blessure que seul l'amour de Seth pourrait guérir ?

A présent, saurez-vous me dire, chère lectrice, ce que vous voulez *vraiment* pour Noël ?

En souhaitant que vos vœux se réalisent…

Excellente lecture !

La responsable de collection

Attention...

Ce mois-ci...

Un cadeau pour Brittany

CARA COLTER

Un cadeau pour Brittany

COLLECTION HORIZON

Cet ouvrage a été publié en langue anglaise
sous le titre :
THE HEIRESS TAKES A HUSBAND

Traduction française de
CHRISTINE BOYER

HARLEQUIN®

est une marque déposée du Groupe Harlequin
et Horizon® est une marque déposée d'Harlequin S.A.

Originally published by SILHOUETTE BOOKS,
division of Harlequin Enterprises Ltd.
Toronto, Canada

Toute représentation ou reproduction, par quelque procédé que ce soit, constituerait
une contrefaçon sanctionnée par les articles 425 et suivants du Code pénal.
© 2001, Cara Colter. © 2003, Traduction française : Harlequin S.A.
83-85, boulevard Vincent-Auriol, 75013 PARIS — Tél. : 01 42 16 63 63
Service Lectrices — Tél. : 01 45 82 47 47
ISBN 2-280-14335-6 — ISSN 0993-4456

Prologue

15 février

Au bord des larmes, bouleversée, Brittany Patterson ne parvenait qu'à grand-peine à maîtriser le tremblement de ses mains.

Ainsi, elle avait deux sœurs, Abby, Corrine, et elles étaient triplées !

Elle n'était donc plus seule dans la vie !

Quelle pensée absurde ! se reprit-elle aussitôt. N'avait-elle pas été toujours très entourée par ses parents adoptifs et de nombreux amis ?

Pourtant, à la vue de ces visages si exactement semblables au sien, elle sentait son cœur exploser d'un bonheur fou, incroyable. Il lui semblait les avoir cherchées des années durant sans le savoir, errant comme une âme en peine dans l'attente de cet instant magique. En retrouvant ses sœurs, elle avait conscience de se retrouver elle-même.

Ebranlée par cette fratrie tombée du ciel, Brittany se tourna vers le notaire aux tempes argentées, espérant que Jordan Hamilton lui expliquerait pourquoi toutes trois n'avaient pu grandir ensemble, pourquoi elles n'avaient même jamais, jusqu'à ce jour, soupçonné leur mutuelle existence. Mais, loin de s'éclaircir, le mystère paraissait s'épaissir de plus en plus.

Me Hamilton ignorait les raisons pour lesquelles elles avaient été séparées. Par contre, il leur annonça qu'une personne, dont il ne pouvait dévoiler l'identité, était à l'origine de cette rencontre et leur octroyait à chacune un cadeau.

Trop émue pour prêter beaucoup d'attention à ces paroles, elle entendit vaguement que sa sœur, Abby, se voyait offrir une maison. Lorsque le notaire prononça son nom, elle tenta de rassembler ses esprits pour écouter ce qu'il avait à lui dire.

— Mademoiselle Brittany Patterson héritera, quant à elle, d'une boulangerie sise au 207 de la rue principale de Miracle Harbor en Oregon, à la condition *sine qua non* de résider dans cette ville pendant un an au minimum et de s'y marier dans l'année.

Brutalement, Brittany retomba sur terre. Il s'agissait donc d'un coup monté ! Elle aurait dû s'en douter !

— Maître, l'interrompit-elle. Ce sont mes parents adoptifs qui ont monté toute cette affaire, n'est-ce pas ?

Evidemment ! Sans doute regrettaient-ils de lui avoir coupé les vivres. Peut-être, en apprenant qu'elle avait dû vendre son magnifique bracelet de chez Cartier, la semaine dernière, bourrelés de remords, avaient-ils imaginé cette machination...

— Vos parents ? répéta Me Hamilton, abasourdi.

Il semblait réellement tomber des nues.

— Ils tiennent tant à ce que je trouve un métier, à ce que je me marie ! Ils ont inventé cette histoire rocambolesque pour parvenir à leurs fins !

Elle s'exprimait avec légèreté, comme si tout cela lui était égal, comme si elle se moquait qu'ils la croient incapable de s'assumer et aient ourdi ce complot aussi ridicule qu'injuste dans son dos !

Cela faisait six mois maintenant qu'ils l'avaient mise à la porte de chez eux. Tout cela pour avoir embouti leur belle limousine après un excès de vitesse et s'être retrouvée à l'hôpital ! Elle n'avait été que légèrement blessée mais, après cet épisode, ses parents lui avaient confisqué sa carte de crédit et refusaient désormais de lui verser le moindre sou. Malgré ses protestations, ils étaient demeurés intraitables, prétendant qu'il était temps qu'elle se prenne en charge et commence enfin à se comporter en adulte.

Depuis, elle essayait de trouver du travail. En vain. Ce n'était pourtant pas faute de se démener ! Combien de C.V. avait-elle envoyés ! Mais personne n'y donnait suite…

Corrine s'éclaircit la gorge.

— Mais non, c'est impossible ! s'écria-t-elle. Comment tes parents connaîtraient-ils notre existence ?

— Et pourquoi m'auraient-ils offert une maison ? renchérit Abby.

De nouveau, Brittany dévisagea ses deux sœurs. Elle ne se lassait pas de les regarder !

Elle leur sourit, soulagée à l'idée que ses parents adoptifs n'étaient pour rien dans ces extraordinaires retrouvailles.

— Vous avez raison, répondit-elle pensivement. Malgré leur fortune, M. et Mme Conroy Patterson n'ont pas les moyens de me reproduire à l'identique. D'ailleurs, me cloner ne présenterait pas le moindre intérêt.

— Et pourquoi pas ? s'exclama Abby, indignée.

Touchée, Brittany refoula les larmes qui lui montaient aux yeux. Ainsi, c'était cela, une sœur… Quelqu'un qui prenait votre défense envers et contre tout. Mais Abby ignorait qui elle était vraiment. Elle la considérait certainement comme une jeune femme bien sous tous rapports…

S'il fallait se marier pour…

Un coup discret frappé à la porte interrompit ses pensées ; Brittany se retourna pour découvrir qui entrait. A la vue du nouvel arrivant, elle resta pétrifiée.

Si, à Miracle Harbor, un homme séduisant apparaissait dès que l'idée du mariage effleurait votre esprit, alors peut-être allait-elle réviser ses *a priori*… La perspective de se voir passer la bague au doigt lui semblait moins rébarbative, tout à coup.

Qu'il était beau avec son teint bronzé, son menton volontaire et son nez parfait ! songea-t-elle, la gorge serrée devant tant de charme. Elle avait toujours eu un faible pour les grands bruns. Son élégant costume ne dissimulait rien de sa stature d'athlète et il semblait aussi à l'aise avec sa veste impeccablement coupée, sa chemise blanche et sa cravate de soie qu'il devait l'être en jean.

Puis elle remarqua ses yeux. D'un bleu superbe, ils brillaient d'un éclat sauvage et le cœur de Brittany cessa de battre.

L'inconnu lui lança un bref regard professionnel. Pourtant, derrière cette attitude policée et détachée, elle devina une nature rebelle empreinte de force et de sensualité contenues.

Troublée, elle détourna la tête afin de se donner une contenance.

Le notaire fit brièvement les présentations.

— Mon fils, Mitch.

— Excuse-moi de te déranger, papa. Mais j'ai besoin de ta signature pour le contrat Phillips.

Sa voix était si caressante que Brittany ne put réprimer un frisson. Effrayée par l'intensité de l'attirance soudaine qu'elle ressentait, elle fit mine de s'absorber dans la contemplation de ses ongles.

Lorsque Mitch Hamilton fut enfin reparti, le notaire se pencha vers elle.

— A propos de votre legs…, reprit-il.

S'interdisant de laisser son esprit vagabonder à la poursuite de M. Hamilton Junior, la jeune femme s'efforça sans grand succès de s'intéresser à cette boulangerie. Si au moins elle avait hérité d'une boutique de mode ! Voilà qui lui aurait plu ! Et qui lui aurait donné l'occasion de se rendre régulièrement à Paris ou à Milan !

Hélas ! comme aucun des grands couturiers auxquels elle s'était adressée n'avait eu la courtoisie de lui répondre, il lui faudrait se contenter d'une boulangerie pour prouver au monde entier de quoi elle était capable…

Une heure plus tard, elle marchait bras dessus bras dessous avec Abby et Corrine sous l'œil étonné des passants, peu habitués à voir trois copies conformes arpenter Miracle Harbor. La ville était magnifique. Une belle plage de sable blond bordait la rue principale et, avec ses immeubles anciens aux couleurs bigarrées, le quartier ressemblait à un charmant patchwork.

— M'installer ici pour un an ne sera pas un sacrifice, dit-elle. Cette station balnéaire me plaît beaucoup. De plus, l'idée d'y vivre avec vous deux, et d'avoir ainsi la possibilité de mieux vous connaître, me réjouit !

— Tu oublies qu'il nous faut aussi dénicher des maris ! remarqua Corrine avec un gros soupir. L'idée de me marier pour remplir les clauses d'un contrat me donne la nausée.

— Pas à moi, répliqua Brittany. La plupart des gens, à commencer par mes parents adoptifs, convolent en justes noces pour des raisons fort peu romantiques, tu sais.

Rien, dans le ton de sa voix, ne laissait transparaître la petite fille affamée d'amour authentique, la seule chose que sa famille, pourtant aisée, n'avait pu lui offrir.

— Je trouve ça triste, murmura doucement Abby, comme si elle devinait la souffrance que sa sœur cherchait pourtant si soigneusement à dissimuler.

— Réaliste, tout au plus, rétorqua cette dernière avec un haussement d'épaules. Si jouer les boulangères me convient, je passerai une annonce dans le journal local, du style : « Je cherche un mari ». J'aimerais qu'il soit grand, brun, plutôt mignon… Un peu comme le beau gosse qui est entré pendant notre entretien avec le notaire pour lui faire signer un document. Comment s'appelait-il, déjà ?

Comme si elle ne se souvenait pas de son prénom ! Mais Brittany était passée maître dans l'art de dissimuler ses véritables sentiments, la seule façon pour elle de masquer sa vulnérabilité. Bien sûr, elle sentait qu'il était inutile de se protéger vis-à-vis de ses sœurs. Cependant, les vieilles habitudes ne se perdant pas facilement, elle préférait pécher par excès de prudence.

— Mike, je crois, répondit Corrine.

— N'était-ce pas plutôt Mark ? suggéra Abby.

— J'en conclus que son prénom doit commencer par un M ! s'écria Brittany, secrètement ravie qu'aucune de ses sœurs n'ait apparemment de vues sur le fils du notaire.

— Je suis très contente de partager un an de votre vie dans cette ville, poursuivit Corrine, mais il m'est impossible de m'y installer du jour au lendemain. Je ne pense pas pouvoir emménager avant fin mai. Et pas question pour moi d'épouser le premier venu pour satisfaire aux conditions d'un legs !

— Je t'aiderai à trouver chaussure à ton pied, un homme qui te rendra heureuse, assura Brittany avec chaleur. Mais, pour commencer, tu devras t'habiller autrement. Avec ton jean rapiécé et ta chemise élimée, qui espères-tu séduire ? Je suis certaine que tu serais magnifique en Ralph Lauren… Ces vêtements t'iront à merveille, comme à moi !

Elle éclata de rire devant l'expression courroucée de Corrine. Pour se faire pardonner, elle lui prit la main et lui adressa son plus grand sourire. Elle plaisantait, bien sûr, et pour rien au monde n'aurait voulu blesser sa chère sœur !

Auprès de Corrine et d'Abby, elle se sentait enveloppée d'un amour inconditionnel. Quel beau cadeau de la vie ! Elle n'avait rien fait pour l'obtenir, ne l'espérait même pas, et il lui semblait aussi doux que la caresse du soleil printanier sur sa peau.

Jamais elle n'avait été aussi heureuse ! Le cœur rempli d'espoir, elle s'émerveillait des surprises du destin.

201, 203, 205… Elles approchaient de sa boutique et Brittany retint sa respiration.

Puis elle la vit. La boulangerie. Sa boulangerie.

1.

Deux mois plus tard…

— Un instant ! cria Brittany en entendant quelqu'un frapper à la porte de son petit appartement.

Indifférente au lit défait, aux vêtements éparpillés sur le sol, aux produits de maquillage qui jonchaient sa table, elle se regarda dans le grand miroir de sa chambre et réprima un gémissement.

— Je suis hideuse. Hideuse !

Sa robe couleur pêche lui seyait pourtant à merveille. Largement décolletée, elle mettait en valeur ses seins rebondis, sa taille de guêpe et ses longues jambes fuselées. Son maquillage aussi était parfait. Un peu de blush rehaussait son teint bronzé, une ombre à paupières dorée et une touche de mascara donnaient à ses yeux d'un superbe bleu-vert un éclat de pierres précieuses. Quant à ses cheveux, savamment relevés sur le haut de la tête en un chignon torsadé, ils dégageaient sa nuque et soulignaient la finesse de ses traits.

Elle aurait été d'une beauté à couper le souffle sans un petit détail qui ruinait l'ensemble… Ses bras et sa chevelure étaient piquetés d'une affreuse peinture rose ! Pour la retirer, elle avait

tout essayé : eau de Javel, dissolvant et même white-spirit !
En vain.

Je n'aurais jamais dû repeindre moi-même cette boulangerie !
se dit-elle avec un gros soupir.

Pendant quatre jours, elle y avait travaillé sans relâche et
n'était pas mécontente du résultat. Bien sûr, un œil professionnel
aurait remarqué ici et là quelques imperfections mais, pour une
fille qui n'avait jamais rien fait de ses dix doigts, elle ne s'en
était pas si mal tirée !

Les coups redoublèrent sur la porte et la jeune femme leva
les yeux au ciel.

Il s'agissait certainement de l'homme déniché par Abby pour
l'escorter au mariage. Tout à la préparation de l'ouverture prochaine de sa boulangerie, Brit n'avait pas eu le temps de s'en
occuper elle-même.

Comment Abby s'était-elle débrouillée pour lui trouver un
cavalier ? Mystère ! Entre son métier de couturière, sa petite
fille de deux ans et ses noces, elle-même ne devait plus savoir
où donner de la tête !

Pourvu que ce parfait inconnu ne soit pas vieux et bedon-
nant ! Pour sa première grande sortie depuis son installation à
Miracle Harbor, Brittany tenait à faire sensation !

Elle se mit à rêver... Ce qui arrivait à Abby laissait présager
que tout était possible, dans cette ville. Et si le même miracle
se produisait pour elle ? Et si, à son tour, elle rencontrait le
grand amour, son prince charmant, avec qui partager le reste
de son existence ?

Avec un dernier regard résigné à l'adresse du miroir et à la
peinture sur ses bras, elle se dirigea vers l'entrée. En même
temps que la boulangerie, elle avait hérité d'un petit appartement
au-dessus de la boutique, déjà meublé à son arrivée. Si elle se
félicitait de n'avoir eu qu'à poser ses valises, elle déplorait la

couleur du canapé et l'usure des rideaux... Dès que possible, elle y remédierait, se promit-elle.

Derrière la porte, son cavalier s'impatientait et tambourinait de plus belle.

Brittany pressa le pas, faisant claquer ses talons aiguilles pour faire comprendre à cet impertinent qu'elle n'était aux ordres de personne.

— Voilà, voilà ! dit-elle avant de lui ouvrir, un sourire convenu sur les lèvres.

En reconnaissant son visiteur, elle resta bouche bée.

— Vous ?

Allait-il apparaître chaque fois que des rêves romantiques traversaient son esprit ? Cela signifiait-il quelque chose ?

— Bonjour, je suis Mitch Hamilton.

A elle seule, cette voix rauque et sensuelle donnait à Brittany d'étranges idées. L'envie de se marier, par exemple...

Comme elle aimerait se réveiller chaque matin à ses côtés, contempler son visage, l'ombre bleutée de sa barbe naissante ! Elle s'imagina dans ses bras, l'écoutant lui murmurer des mots tendres à l'oreille, ses mains sur elle...

— Mitch Hamilton, répéta-t-il, perplexe.

Elle se ressaisit. Que lui arrivait-il ? Pourquoi cette attirance irrésistible pour cet inconnu ?

Par contre, elle ne lui faisait apparemment aucun effet. D'habitude, pourtant, il lui suffisait d'apparaître pour attirer tous les regards masculins...

— Ravie de faire votre connaissance, dit-elle d'un ton protocolaire.

Mitch Hamilton lui parut d'une rare élégance dans son costume bleu, parfaitement coupé. Il avait tout de l'homme au sommet de la réussite, mais, au fond de ses yeux, la petite lueur insolente, qu'elle avait remarquée lors de leur première rencontre chez le notaire, était toujours là. Au-delà de son

apparence classique, il possédait un côté sauvage, indompté…
Peut-être indomptable ?

Il émanait de lui une force, une aisance naturelle, qu'elle envia.
Et il respirait la sensualité par tous les pores de sa peau.

Le genre de type à faire perdre la tête à toutes les femmes !
pensa-t-elle tandis qu'un fol espoir lui étreignait la poitrine.

Et dire qu'elle était peinturlurée de rose pour sortir avec
cet apollon ! Que n'aurait-elle donné pour être à son avantage,
ce soir-là ! Séduisante, raffinée, pleine d'esprit… comme à
l'accoutumée.

Mitch chercha des yeux le nom affiché à côté de la porte,
comme s'il espérait s'être trompé d'adresse.

— Etes-vous Brittany ? Brittany Patterson ?

— Oui…

— Mon père, Jordan Hamilton, m'a demandé de vous accompagner au mariage de votre sœur, expliqua-t-il.

Avec tristesse, elle comprit qu'il avait été contraint de l'escorter à cette réception et que cette perspective ne le réjouissait
pas. Elle aurait tant voulu lui plaire !

Déstabilisée par le trouble qu'elle ressentait, elle se trouva
soudain idiote et vulnérable, ce qu'elle détestait par-dessus tout.
Aussi répondit-elle froidement.

— Chacun était animé des meilleures intentions, j'en suis
sûre, mais je n'ai nul besoin d'un cavalier. Je suis assez grande
pour m'y rendre seule.

— Je me suis engagé à vous y conduire et je n'ai qu'une
parole, rétorqua-t-il d'un ton sans réplique.

D'un geste souple, il consulta sa montre bracelet. Une
Rolex.

— Ce qui signifie, poursuivit-il, que nous devons partir.
Tout de suite.

Et en plus, il est du genre macho, songea-t-elle, exaspérée. C'est insupportable ! Il me donne des ordres comme si j'avais cinq ans !

— Impossible, je ne suis pas prête, déclara-t-elle avec fermeté.

Il la détailla de la tête aux pieds et la jeune femme se sentit mal à l'aise sous ce regard inquisiteur qui n'avait rien d'admiratif.

— Vous me semblez très bien ainsi, finit-il par dire.

Très bien… ?

— Mais, ajouta-t-il en l'examinant avec plus d'attention, j'ai l'impression que vous avez quelque chose dans les cheveux. Ne serait-ce pas du chewing-gum ?

Elle recula pour éviter qu'il la touche, consternée de l'émoi dans lequel la jetait la simple idée du contact de ses doigts sur elle.

— Non, c'est de la peinture ! J'en ai également sur les bras ! Et cela ne s'en va pas. J'ai tout essayé !

— Espérons que la lumière sera tamisée, grommela-t-il sans la moindre sympathie. A présent, allons-y.

— Je ne peux pas ! Vous ne comprenez pas ! Ma sœur se marie aujourd'hui et je suis son témoin. Avec ce rose, je vais être ridicule !

L'air impatient, il leva les yeux au ciel mais répliqua néanmoins avec calme.

— Cela ne se remarque pas tant que ça ! Bien sûr, le chewing-gum ne convient pas à votre style de beauté mais sincèrement, ce n'est pas catastrophique.

— Cessez de parler de chewing-gum ! Il s'agit de peinture !

— Et comment s'en va-t-elle, lorsqu'elle recouvre des cheveux décolorés ?

Des cheveux décolorés ? Quel odieux personnage ! Pas question de s'abaisser à répondre à une attaque aussi mesquine !

— Vous êtes sans doute une artiste, poursuivit-il comme si cela expliquait toutes sortes d'excentricités.

Elle poussa un gros soupir. Elle avait attendu ce grand jour avec tant d'impatience et de joie ! C'était le jour du mariage de sa sœur, un jour à marquer d'une pierre blanche puisqu'il prouvait que les miracles se produisaient, que des gens ordinaires pouvaient vivre des contes de fées. Un jour comme aujourd'hui, elle avait le droit de rêver, d'espérer que, dans un proche avenir, peut-être, ce serait elle qui revêtirait une belle robe blanche pour se marier à son tour.

Mais rien ne se déroulait comme prévu et elle raterait probablement sa vie tout comme cette soirée !

— Je ne suis pas une artiste, rétorqua-t-elle, maîtrisant difficilement sa colère. J'ai repeint ma boutique.

Incrédule, il regarda la couleur qui ornait ses mèches blondes.

— Vraiment ?

— Ce rose rend mieux sur les murs que sur moi...

Le petit sourire moqueur qui se dessina sur ses lèvres viriles la fit fondre.

— Ce n'est pas drôle, protesta-t-elle, désespérée.

— Il serait encore beaucoup moins drôle d'arriver en retard à l'église ! Cela gâcherait vraiment la cérémonie. D'ailleurs, cette peinture dans vos cheveux donnera aux gens l'occasion de s'amuser un peu. Ils en reparleront encore dans plusieurs années, en feuilletant leurs albums de photos.

— L'occasion de s'amuser, répéta-t-elle, consternée. Je vais être la risée de la noce...

— La messe commence dans dix minutes...

Avec un petit cri d'horreur, elle convint qu'il avait raison. Ils devaient partir sans tarder...

Le foudroyant d'un regard méprisant, elle passa devant lui pour descendre l'escalier.

— Pourquoi ai-je la désagréable intuition que cette soirée va être la pire de ma vie ? demanda-t-elle tandis qu'il lui prenait le bras.

— Si cela peut vous consoler, j'ai la même impression en ce qui me concerne, répliqua-t-il sèchement en la lâchant avec un dédain aussi grossier qu'inutile.

Elle le laissa ouvrir la portière de sa Mercedes noire — une voiture de nouveau riche, se dit-elle — et s'installa à l'intérieur. Sans un mot, il s'assit au volant et démarra. Il semblait ne s'intéresser qu'à la route et ne faisait aucun effort pour converser.

Un soldat exécutant les ordres.

— Vous n'aviez aucune envie de m'accompagner, n'est-ce pas ? lança-t-elle.

Il lui jeta un bref coup d'œil avant de reporter son attention sur la circulation.

— J'ai accepté de le faire pour rendre service à mon père.

— Vous devez l'aimer beaucoup ! Il est évident que vous préféreriez être au diable vauvert !

Un léger sourire éclaira son visage viril.

— J'éprouve le plus grand respect pour lui, en effet. Et il est exact que je n'ai pas bondi de joie à l'idée de me rendre à un mariage avec une parfaite inconnue.

— Il y a pire, comme épreuve ! rétorqua-t-elle, vexée. J'aurais pu ressembler à la fée Carabosse…

Il ne répondit pas et son silence était plus blessant qu'une insulte.

Pourquoi le laissait-elle complètement froid ? En général, elle attirait les hommes comme un aimant ! Pourquoi avait-il fallu qu'elle fasse sa connaissance justement le jour où elle était couverte de cette horrible peinture ? Si seulement elle avait été en beauté, aujourd'hui ! Elle aurait tant voulu lui faire de l'effet !

Comme la vie est injuste et cruelle ! se dit-elle avec un gros soupir.

En dépit de ses sombres expectatives, Brittany prit beaucoup de plaisir à assister aux noces de sa sœur, malgré le rose dans ses cheveux — que personne ne parut remarquer — et son insupportable cavalier qui semblait focaliser tous les regards féminins. Emue, elle écouta Abby et Shane échanger leurs vœux.

Mais le reste de la soirée fut le cauchemar auquel elle s'était préparée.

Tout au long du dîner, Mitch Hamilton ne cessa de l'observer d'un œil désapprobateur. Elle racontait comment, enfant, elle avait un jour versé dans la piscine de ses parents des kilos de colorant alimentaire. A l'écoute de son récit, les convives attablés s'esclaffèrent, à l'exception de Mitch qui ne lui accorda pas même un sourire. Il semblait dénué de tout sens de l'humour. Il paraissait s'ennuyer et consultait ostensiblement sa montre, comme s'il comptait les minutes qui le séparaient du moment où il pourrait enfin la reconduire chez elle.

Pourtant, chaque fois que leurs regards se croisaient, elle sentait un incroyable courant magnétique passer entre eux.

Mais pas question de lui laisser deviner le trouble dans lequel il la jetait !

Shane et Abby ouvrirent le bal. Ils formaient un couple magnifique, se dit Brittany. Leurs pas s'accordaient à merveille et, tout en valsant, ils se dévisageaient amoureusement. Le bonheur irradiait leurs traits. Dans sa robe de mariée, Abby ressemblait à une princesse. A leur façon de se dévorer des yeux avec passion comme s'ils étaient seuls au monde, Brittany se surprit de nouveau à croire aux contes de fées. Oui, l'amour véritable existait en ce bas monde… Sa sœur, en tout cas, le vivait.

Elle prit une nouvelle gorgée de champagne et sentit des larmes picoter soudain ses paupières. Mitch se pencha vers elle.

— Voulez-vous une autre coupe ?

Il s'exprimait d'une voix froide et distante, comme s'il estimait qu'elle buvait trop.

Avec surprise, Brittany s'aperçut alors que son verre était vide.

— Pourquoi pas ? répliqua-t-elle.

Mitch la considéra un moment comme s'il hésitait à lui donner une multitude de raisons pour lesquelles elle ferait mieux de s'en abstenir. Puis, avec un léger haussement d'épaules, il fit signe à un serveur.

— Détendez-vous, lui lança Brittany d'un ton ironique. Vous n'êtes pas obligé d'afficher une tête d'enterrement ! Nous assistons à un mariage, que diable ! Essayez donc de prendre un air de circonstance !

Il l'observa avec attention.

— Vous ne paraissez pas très gaie vous-même, remarqua-t-il.

— Pourtant, je le suis ! assura-t-elle en portant la coupe à ses lèvres avec un regard de défi.

Cependant, même si elle se réjouissait sincèrement du bonheur de sa sœur, elle ne pouvait s'empêcher d'en éprouver un peu d'envie.

Quelle injustice ! Abby avait hérité d'une maison occupée par un locataire séduisant… qui était tombé fou amoureux d'elle au premier regard.

Et elle, elle se retrouvait avec un commerce sur les bras !

— Comment est cette boulangerie ? s'enquit Mitch.

Elle se rendit compte qu'elle avait pensé tout haut. Peut-être devrait-elle cesser de boire… Néanmoins, elle avala une autre gorgée de champagne.

— Très bien, prétendit-elle avec un enthousiasme de façade.

Il avait posé la question par simple politesse et se moquait certainement de la réponse ! En vérité, il s'agissait d'une petite boutique sombre, vétuste et horriblement décorée. Le seul homme à y travailler avec elle était Luigi, le boulanger, un type d'une cinquantaine d'années aussi aimable qu'une porte de prison.

Pourtant, elle ne pouvait nier le potentiel de l'endroit. Située face à l'océan, la boulangerie faisait également office de salon de thé et possédait une petite terrasse avec quelques tables sur le trottoir pour y accueillir les clients. De fabrication française, le pain était apprécié des amateurs.

La voix de Mitch interrompit ses pensées.

— Vous aviez fermé la semaine dernière, non ?

— En effet. Je voulais faire quelques travaux avant l'ouverture prévue lundi prochain.

Lorsqu'elle était entrée, la première fois, dans sa boutique avec ses sœurs, il lui avait été facile de se mettre à rêver. Elle allait la repeindre en rose, acheter de nouvelles nappes, disposer des petits bouquets ici et là… A présent, elle découvrait à quel point il était difficile de transformer un rêve en réalité… Heureusement, dans quelques jours, le plus gros du travail serait terminé et le résultat en vaudrait la peine.

— Ah oui ! bien sûr, la peinture ! s'exclama-t-il. Pourquoi avez-vous décidé de vous mettre vous-même à vos pinceaux plutôt que de faire appel à des professionnels ? Je vous imagine mal armée d'un rouleau, en haut d'un escabeau, un chapeau en papier sur la tête… Vous n'avez pas l'air très manuelle.

Elle ne s'était jamais considérée particulièrement douée de ses mains ; alors pourquoi se sentait-elle mortifiée qu'il la soupçonne d'être incapable de faire quoi que ce soit de ses dix doigts ?

— Et j'ai l'air de quoi, à votre avis ? demanda-t-elle, relevant fièrement le menton.

— Du genre à consulter les Pages Jaunes de l'annuaire.

En vérité, c'était exactement ce qu'elle avait fait. En contactant des entreprises de peinture en bâtiment, elle avait été horrifiée de leurs prétentions. Ils lui réclamaient un millier de dollars pour badigeonner quatre malheureux murs ! Le mois dernier, elle avait obtenu cette somme contre une paire de boucles d'oreilles serties d'émeraudes. Or, à présent, elle ne possédait plus de bijoux de valeur à vendre. D'en prendre conscience l'avait glacée d'horreur.

Sans faire de commentaire, elle reprit une gorgée de champagne.

Elle pensait que ce serait finalement amusant de peindre une pièce, mais cela ne l'avait été que pendant le premier quart d'heure...

— Pourquoi avoir choisi ce rose chewing-gum ? s'enquit-il.

— Cette teinte s'appelle « Premières heures de l'aube » ! s'insurgea-t-elle.

Cependant, il fallait reconnaître que sa boutique semblait effectivement tapissée de chewing-gums... En raison de son inexpérience et de la vétusté des cloisons, la peinture n'avait pas pris de façon uniforme sur toute la surface. A certains endroits elle avait coulé, à d'autres elle s'écaillait déjà... Un vrai désastre !

— Etes-vous parvenue à en mettre aussi sur les murs ? poursuivit-il.

Serrant les dents, elle se demanda s'il se moquait d'elle.

— Le résultat a dépassé mes espérances, affirma-t-elle froidement.

Elle mentait. Mais elle savait qu'une fois que le pire serait dissimulé derrière du papier peint et des posters, personne ne remarquerait les imperfections.

— En tout cas, vous avez bien fait d'opter pour la peinture, remarqua-t-il. Pour un amateur, réussir à poser proprement du papier peint représente un véritable exploit.

En proie à une soudaine panique, Brittany avala une autre gorgée de champagne.

— Pourquoi avez-vous décidé de modifier la décoration de cette boutique ? reprit-il. J'y allais souvent avec mon père grignoter un sandwich pour le déjeuner et, telle qu'elle était, elle me paraissait très bien.

— La couleur influe énormément sur l'humeur, lui expliqua-t-elle.

Ainsi, lui et son père fréquentaient régulièrement la boulangerie… Pourquoi l'idée qu'il pourrait y venir en compagnie de sa secrétaire ou, pire, de sa petite amie, l'irritait-elle à ce point ?

— Vous verrez, vous ne reconnaîtrez pas l'endroit ! assura-t-elle.

En voyant l'expression de son visage, elle eut envie de le convaincre et, l'alcool aidant, elle poursuivit.

— Je vais changer aussi son enseigne. « La boulangerie de la rue principale », cela ne rime à rien ! J'ai décidé de la rebaptiser « Plaisirs paradisiaques ». Vous ne trouvez pas que ça sonne bien ? Surtout dans une ville appelée Miracle Harbor !

— Peut-être, répondit-il d'un ton sceptique. Quoique je ne sois pas certain que les gens qui entrent dans une boulangerie soient à la recherche de miracles. A mon avis, ils ont simplement envie de pain, d'un gâteau ou d'une tasse de café.

Elle ignora son pragmatisme.

— Je vais offrir de nouveaux cafés et lancer la mode des pâtisseries européennes. Je suis sûre qu'elles auront beaucoup de succès. Et, bien entendu, j'installerai des parasols pour les tables dans la rue. Avec la plage en face, ceux qui viendront chez moi à l'heure de leur pause déjeuner auront l'impression d'être en vacances !

— Cela me paraît intéressant, commenta-t-il d'un ton qui disait le contraire.

— Vous doutez que je parvienne à mener cette entreprise à bien, n'est-ce pas ?

Elle eut soudain la certitude qu'il la croyait incapable de réussir et en ressentit une profonde tristesse. Elle s'en voulut d'accorder autant d'importance à son opinion.

— Je n'ai jamais dit cela ! protesta-t-il.

— Non, mais je suis sûre que vous le pensez.

— Manifestement, vous n'avez pas beaucoup de dons d'extralucide. Lisez-vous dans les lignes de la main ?

— Vous vous moquez de moi.

Pourquoi ne la prenait-on jamais au sérieux ? s'interrogeat-elle, dépitée. Etait-ce la raison pour laquelle personne n'avait répondu à ses demandes d'emploi ?

Elle leur montrerait à tous de quoi elle était capable ! Sa boulangerie ferait fureur. Bien sûr, la peinture laissait un peu à désirer, mais ça, c'était un détail. Tout se jouerait vraiment au moment de l'ouverture, lundi prochain.

Les yeux dans le vague, elle se voyait déjà debout derrière le comptoir, dans sa robe décolletée, la taille ceinte d'un tablier blanc. Elle voulait être particulièrement à son avantage ce jourlà. Elle s'imaginait accueillant ses clients avec un grand sourire, leur proposant ses nouvelles spécialités, passant de table en table, un plateau couvert de cappuccinos à la main, prenant les commandes, rendant la monnaie…

Chacun s'extasierait en découvrant le charme de sa petite boutique, la saveur des gâteaux proposés. Les gens la féliciteraient de son esprit créatif et de l'atmosphère chaleureuse qu'elle saurait donner à cette boulangerie.

Personne ne se douterait à quel point elle avait peur...

Mitch planta un regard d'une troublante intensité dans le sien.

— Avez-vous peur ? demanda-t-il soudain.

— Peur ? rétorqua-t-elle en éclatant d'un rire qu'elle espéra naturel. A présent, c'est vous qui jouez les cartomanciennes ! Et vous avez encore moins de dons que moi dans ce domaine ! Je n'ai peur de rien !

Ce discours aurait été nettement plus convaincant sans les hoquets qui le ponctuaient, réalisa-t-elle.

Par bonheur, elle parvint à s'empêcher de dévoiler étourdiment le reste de ses projets, parmi lesquels son intention de passer une annonce dans le journal local dès la semaine prochaine. Ça, pas question de le lui avouer.

D'un mouvement souple, Mitch se leva tout à coup et lui tendit la main.

— Vous dansez ? demanda-t-il de sa voix profonde et sensuelle.

Au contact de ses doigts chauds et forts, Brittany ne put réprimer un frisson. Quel dommage qu'il ne l'ait invitée que par sens du devoir !

Il la prit par le bras et l'entraîna sur la piste. L'orchestre jouait une valse.

C'était un bon danseur, et il ne la serrait pas de trop près. A vrai dire, il se tenait presque à un mètre d'elle ! Apparemment, le rapprochement ne figurait pas à l'ordre du jour. Très bien, se dit-elle. Gardons nos distances. Mais pourquoi fallait-il qu'il soit si séduisant... ?

A la première occasion, elle dirait à Abby qu'elle n'avait pas besoin de ce genre de surprise dans sa vie. D'ailleurs, elle détestait les surprises ! Pourtant, elle ne doutait pas qu'Abby croyait bien faire : comment sa sœur aurait-elle pu savoir que ce cavalier se montrerait aussi déplaisant ?

Mitch valsait à la perfection, ce qui ne la surprit pas. Tout ce qui le concernait était parfait. Il devait même certainement aller jusqu'à repasser ses caleçons !

Soudain, Brittany regretta d'être dans ses bras. Il semblait lire en elle comme dans un livre ouvert. N'avait-il pas compris immédiatement qu'elle était terrorisée à l'idée d'ouvrir sa boulangerie ? Et s'il devinait par-dessus le marché à quel point il la fascinait ? Quelle humiliation !

— Quelle horreur ! laissa-t-elle échapper.

— Pardon ?

— Quelle chaleur ! se reprit-elle aussitôt.

Il devait la croire ivre, se dit-elle, mais elle ne l'était pas. Un peu euphorique, tout au plus. Et c'était lui qui la troublait. Sa présence, sa main dans la sienne, le parfum discret de son eau de toilette lui montaient à la tête.

Une bouffée de désir la traversa, si fort qu'elle ferma un instant les yeux pour se ressaisir. Elle mourait d'envie de se presser contre lui, de passer les doigts dans ses cheveux, de lui offrir sa bouche pour un baiser. Courageusement, elle s'interdit de céder à des pulsions qui d'ailleurs risquaient fort de ne lui attirer qu'une rebuffade, étant donné l'humeur de son compagnon.

Comment Mitch pouvait-il ne pas remarquer à quel point elle était belle ? Malgré les taches de peinture, elle était ravissante, elle le savait. Pourquoi paraissait-il aussi insensible à ses charmes pourtant ravageurs ? Il ne devait pas être normal !

L'indifférence de cet homme à son égard la blessait cruellement. Elle aurait voulu s'arracher à lui et filer s'enfermer dans la salle de bains jusqu'au départ du dernier invité.

Elle était vraiment pathétique ! Et si en plus elle se ridiculisait en courant se cacher dans un coin comme une gamine, il comprendrait que sa froideur l'avait atteinte. Hors de question ! décida-t-elle.

Elle allait, au contraire, adopter la tactique inverse. Sa vie en dépendait.

Profitant d'une légère bousculade avec un autre couple de danseurs, elle se plaqua soudain contre lui.

Voyons si tu restes de marbre, se dit-elle *in petto*.

Surpris, il se raidit. Cela ne dura qu'un instant. Bientôt, sa main s'appuya plus fermement dans le dos de Brittany, et il la serra étroitement contre lui. Elle fut étonnée de la force qui émanait de son corps.

Alors qu'elle ne cherchait qu'à le provoquer, elle se sentit tout à coup extrêmement vulnérable entre ses bras. Bouleversée par l'intensité des sensations qu'il faisait naître en elle, elle commit une autre erreur.

Elle l'embrassa.

Aussi figé qu'une statue, il refusa d'abord de répondre à son baiser.

Un peu d'amour-propre, ma fille ! Reprends-toi ! se réprimanda-t-elle en vain.

La vague de désir contre laquelle elle luttait depuis trop longtemps la submergea. Elle avait trop envie que Mitch l'embrasse. Collée à lui, elle ne pouvait s'empêcher de lui mordiller les lèvres, de le supplier silencieusement.

Finalement, il prit sa bouche et elle crut que le monde explosait autour d'eux. Il l'entraînait dans un royaume inconnu où, pâmée, elle se perdit. Pendant un moment, elle eut l'impression d'être seule avec lui.

Puis il s'écarta. Subjuguée, Brittany le regarda droit dans les yeux. Son visage restait impénétrable mais, à ses mains fébriles dans son dos, elle devina qu'il tremblait de désir.

Elle faillit éclater d'un rire nerveux. Elle avait réussi ! Il ne pouvait plus prétendre maintenant qu'elle le laissait indifférent !

Avec légèreté, elle demanda :

— Que sais-tu à propos des legs dont mes sœurs et moi avons bénéficié ?

— J'en sais suffisamment.

Brit, tu joues avec le feu ! se dit-elle.

Mais, dans l'euphorie du moment, elle ne pouvait plus tenir sa langue.

Pourquoi pas lui ? Il lui fallait un mari et il la mettait en transe rien qu'en l'embrassant. Pourquoi ne pas lui demander, l'air de rien, s'il n'aurait pas envie de lui passer la bague au doigt… ?

— Dans ce cas, tu sais que, pour avoir la propriété pleine et entière de cette boulangerie, je dois remplir certaines conditions ?

— Des conditions ? répéta-t-il d'une voix douce et calme, sans cesser de la dévisager avec intensité. Tu fais allusion à l'obligation de vivre pendant un an à Miracle Harbor ?

— Pas seulement.

— Oh ! Tu veux parler de…

Elle inclina la tête.

— Alors ? s'enquit-elle en le toisant d'un regard provocant. Aimerais-tu m'épouser ?

Il sourit et, à la vue de ce sourire si sensuel, elle se sentit fondre.

Penché vers elle, il lui murmura à l'oreille.

— C'est hors de question. Même si tu étais la seule fille au monde, je ne me marierais pas avec toi…

2.

Mitch s'en voulut aussitôt de ce qu'il venait de faire. Il était allé trop loin.

Il vit Brittany se recroqueviller sur elle-même comme si toute son assurance l'avait abandonnée, n'avait même jamais existé. Elle qui, un instant plus tôt, rayonnait de feu et de passion, ressemblait soudain à une enfant injustement punie.

En quelques mots, il avait éteint l'étincelle qui brillait au fond du regard de cette femme.

Mais elle se reprit très vite et lui lança avec un grand sourire.

— Aucune importance. J'ai une solution de rechange !

— J'ai presque peur de demander laquelle…

D'un mouvement décidé, elle releva fièrement le menton.

— Je vais passer une annonce dans le journal.

— Pour trouver un mari ?

Lorsqu'elle hocha la tête avec enthousiasme, il prit conscience qu'elle ne cherchait qu'à le provoquer.

— Je ne pense pas que ce soit une bonne idée.

Ce n'était pas ce qu'il aurait voulu dire. Il avait envie de la prendre par les épaules, de la secouer et de l'exhorter à cesser d'être stupide. Mais il préférait ne pas la toucher. Sa peau avait la douceur du satin et, lorsqu'elle s'était collée à lui, un désir fou l'avait immédiatement traversé. Avant même qu'elle ne l'embrasse...

Il refusait de céder à l'incontestable attraction qu'elle exerçait sur lui. Les hommes sur lesquels elle jetait son dévolu tombaient sans nul doute à ses genoux, mais lui ne se laisserait pas harponner aussi facilement.

Si elle tenait vraiment à passer une annonce matrimoniale, ce n'était pas son affaire ! Qu'elle fasse l'idiote, si cela l'amusait ! Il s'en moquait comme d'une guigne.

Il ne savait pratiquement rien d'elle, si ce n'est ce qu'il avait appris à la lecture de son dossier à l'étude. Fille adoptive de M. et Mme Conroy Patterson — un couple huppé de Californie — Brittany Patterson n'était qu'une enfant gâtée qui se confrontait difficilement aux dures réalités de la vie.

D'accord, elle était ravissante... et, de surcroît, elle embrassait avec une chaleur à faire fondre un iceberg, mais...

Quelqu'un surgit soudain et se pencha vers Brittany pour l'inviter à danser. Mitch reconnut Farley Houser, un autre notaire de son étude. Il serra les poings. De quel droit lui prenait-il sa cavalière ? Ne remarquait-il pas qu'ils étaient ensemble ?

Un instant, il les suivit des yeux. Brittany riait un peu trop fort aux plaisanteries certainement douteuses de Farley. Que pouvait-elle donc trouver d'attirant chez ce type en âge d'être son père ? Oh ! et puis après tout, ce vieux séducteur prétentieux serait parfait pour elle ! Avec un peu de chance, elle n'aurait pas besoin de passer son annonce. Farley collectionnait les épouses. Ne s'était-il pas déjà marié trois fois ?

Pourtant, Mitch bouillait de les voir ensemble. En son for intérieur, il ne pouvait s'empêcher de critiquer la façon dont Farley la serrait contre lui. Si cet imbécile esquissait le moindre geste déplacé, il n'hésiterait pas à intervenir.

Que lui arrivait-il ? Il avait été chargé de l'accompagner, pas de la chaperonner ! se rappela-t-il.

Mitch rejoignit son père et Angela Pondergrove, attablés dans un coin. Ils échangèrent quelques mots. Mitch, qui espérait que Jordan allait l'entreprendre sur certains dossiers de l'étude — et lui permettre ainsi de sortir cette Brittany et ses torrides baisers de son esprit — dut vite déchanter.

Depuis plusieurs mois, Jordan Hamilton s'était amouraché de cette vieille dame. A son âge, quelle idée ! Lorsqu'il lui enlaça tendrement les épaules en l'appelant « Ange », Mitch comprit qu'il devait les laisser.

Il revint vers la piste de danse où l'orchestre entamait des rocks. Brittany attirait tous les regards masculins, constata Mitch avec contrariété. Elle virevoltait avec une grâce et une sensualité qui semblaient les ensorceler. Son rire cristallin envahissait la salle. Il fut bien obligé d'admettre que Farley était un excellent danseur. A la fin du morceau, il abandonna manifestement à regret la jeune femme à un grand brun efflanqué qui entraîna sa cavalière sur un rythme endiablé.

Après plusieurs rocks, Mitch comprit que Brittany n'avait pas la moindre intention de revenir vers lui. Les hommes tournaient autour d'elle comme des mouches autour d'un pot de miel.

Que devait-il faire ? Rentrer chez lui ? Jordan n'apprécierait sans doute pas de le voir abandonner son rôle de chevalier servant. Son père ne lui demandait pas souvent de lui rendre service, et pourtant, Mitch lui devait tout. Il pouvait donc bien rester assis dans un coin et regarder la jeune femme danser avec d'autres. Cela ne représentait pas grand-chose par rapport à tout ce que Jordan avait fait pour lui. Ne l'avait-il pas sorti du ruisseau pour l'adopter ? Ne lui avait-il pas donné une maison, une bonne éducation, un métier et son affection ?

Mitch s'installa en soupirant dans un coin. Son humeur s'assombrissait d'heure en heure en voyant Brittany s'amuser comme une folle au milieu de sa cour d'admirateurs. Cette fille débordait d'énergie. Rien ne semblait pouvoir entamer sa fougue.

Il était plus de 2 heures du matin lorsqu'elle consentit enfin à le rejoindre. Angela et Jordan étaient partis depuis longtemps. Le visage de Brittany irradiait de bonheur ; elle était aussi belle que lorsqu'il l'avait vue pour la première fois. Plus belle encore, peut-être. Elle riait aux éclats, la joie transformant ses traits, et paraissait dans son élément, entourée de ces mâles dont elle monopolisait l'attention. Manifestement, elle était la reine de la fête.

La main dans les cheveux, elle lui sourit.

— Mitch ! Te voilà !

Il n'avait pas bougé de son siège de toute la soirée. A peine s'était-il levé un instant pour retirer sa veste et sa cravate.

— J'espère que tu ne m'attendais pas, poursuivit-elle, essoufflée. Farley m'a proposé de me reconduire à la maison.

Elle se pencha vers lui pour lui glisser en confidence à l'oreille :

— Il trouve que le rose de mes cheveux est trop mignon. Il pense que je vais lancer une nouvelle mode !

— Il n'en est pas question, rétorqua Mitch en se levant.

— Il voulait plaisanter, bien sûr ! Quel boute-en-train, ce Farley ! Toujours le mot pour rire !

— Je ne faisais pas allusion à la peinture dans tes cheveux, rétorqua-t-il calmement. Mais tu rentres avec moi. Quand tu seras prête à partir, je te ramènerai chez toi.

— Mais j'ai promis à Farley…

— Tu rentres avec moi, répéta-t-il d'un ton sans réplique. Tu es sous ma responsabilité jusqu'au moment où tu seras dans ton appartement.

— Ta responsabilité ?

— Exactement.

D'une voix vibrant de colère, elle protesta :

— Je n'ai plus six ans et j'ai déjà dit à Farley que…

— Je m'en moque.

— Et que feras-tu si je refuse de te suivre ? Tu ne peux pas m'y obliger !

— Tu veux parier ?

Elle planta ses prunelles dans les siennes et il ne put s'empêcher de penser qu'il devrait être illégal de posséder de tels yeux.

— Et comment comptes-tu t'y prendre ? poursuivit-elle d'un air de défi. Sincèrement, je ne t'imagine pas du tout faisant un scandale.

— Tu me connais mal…

— Je ne te vois pas me balancer sur ton épaule comme un paquet pour me ramener chez moi et me jeter sur mon lit comme un homme des cavernes.

— Ne me tente pas !

— Mitch Hamilton, j'ai vingt-sept ans et tu n'as pas le droit de me dicter ma conduite.

— Pourquoi ai-je l'impression que personne n'a jamais réussi à t'imposer quoi que ce soit ?

— Parce que c'est la vérité ! répondit-elle avec superbe.

Mitch s'occupait régulièrement de jeunes délinquants de la ville et avait l'art et la manière — une autorité naturelle et une bonne musculature — pour les convaincre de lui obéir. Pourtant, discuter avec un petit caïd armé d'un couteau paraissait mille fois plus simple que de la persuader, elle, d'obtempérer.

— Il est peut-être temps pour toi d'apprendre certaines choses, Brittany. Le type qui veut te reconduire a vingt ans de plus que toi. Il a été marié trois fois et il nous assomme chaque matin avec le récit de ses conquêtes de la veille…

Et si cet imbécile de Farley s'amusait à lui raconter par le menu comment il s'y était pris pour la fourrer dans son lit, il recevrait son poing dans la figure.

Finalement, Mitch n'avait pas complètement perdu son côté rebelle ; le mauvais garçon qu'il avait été si longtemps sommeillait encore au fond de lui.

Farley s'approchait d'eux. Mitch croisa les bras sur son torse avant de déclarer posément :

— Elle repart avec moi. C'est moi qui la raccompagnerai chez elle.

— Vous êtes son cavalier officiel ? s'enquit Farley d'une voix suave qui parut ridicule à Mitch. Je l'ignorais.

— Il a été élevé à la vieille école et s'estime tenu de me reconduire jusqu'à ma porte, expliqua Brittany en levant les yeux au ciel. Mais tu peux m'appeler un de ces jours, Farley.

Elle avait prononcé son nom avec une douceur voulue, comme si elle était déterminée à lui faire perdre la tête.

Les dents serrées, Mitch abrégea ces adieux.

— Allons-y.

Avec un soupir, elle le suivit. Lorsqu'elle trébucha dans l'escalier, il lui offrit un bras secourable. Sa peau était douce et chaude sous ses doigts. Il maudit soudain son orgueil qui l'avait empêché de l'inviter à danser une autre fois.

— Je ne suis pas ta prisonnière, lança-t-elle sèchement.

Ignorant sa réflexion, il refusa de la lâcher. Elle l'écarta quand il voulut l'aider à s'asseoir dans sa voiture. Pendant qu'il s'installait au volant, elle tourna ostensiblement le visage vers la vitre.

Le trajet s'effectua dans le silence. Lorsqu'ils arrivèrent devant chez elle, elle ouvrit la portière, le salua d'un ton froid et se dépêcha de rejoindre son immeuble.

Il attendit que la porte se soit refermée derrière elle pour démarrer, à la fois soulagé et déçu que la soirée se termine. En tout cas, il avait rempli ses obligations vis-à-vis de Jordan.

— Tu viens prendre un café, Mitch ?

Mitch leva les yeux de l'épais dossier dans lequel il était plongé. Son père adoptif se tenait à la porte de son bureau.

L'envie de trouver une excuse pour ne pas l'accompagner le traversa. Mais depuis six ans, depuis que Mitch travaillait à l'étude, ils allaient ensemble siroter un café chaque matin.

Malheureusement, ils se rendaient généralement à la boulangerie de la rue principale et Mitch n'avait pas oublié que Brittany ouvrait aujourd'hui ses portes à la clientèle.

Il se leva et attrapa sa veste accrochée au dos de sa chaise.

— Tu sembles fatigué, Mitch. Tout va bien ?

— Oui, oui, assura-t-il.

En vérité, c'était loin d'être le cas. Il lui semblait ne pas avoir fermé l'œil depuis samedi soir. Le souvenir des lèvres de Brittany sur les siennes, de la flamme qui brillait dans ses superbes prunelles, de la douceur de ses cheveux, le hantait. Et la façon dont il s'était conduit avec elle le torturait également.

Il n'avait vraiment pas envie d'aller voir comment elle encaissait le choc inévitable entre ses rêves et la dure réalité.

Pourtant, il le fallait. Toute la matinée, il n'avait cessé de penser à elle. A plusieurs reprises, il avait failli laisser en plan ses dossiers pour courir à la boulangerie. Cette fébrilité le mettait mal à l'aise. En général, il savait se maîtriser, contrôler les situations, et là, soudain, il ne dominait plus rien.

— Tu t'es bien amusé, samedi soir ? demanda Jordan tandis qu'ils descendaient la rue principale.

— Pas mal, répondit Mitch sobrement.

— Ces triplées sont toutes trois ravissantes, mais Brittany possède un...

Il s'interrompit, cherchant ses mots.

— Feu intérieur ? suggéra Mitch.

— Exactement ! Cette jeune femme paraît tout feu tout flamme, elle semble prendre la vie à bras-le-corps.

— C'est vrai.

— Elle ne te plaît pas ? Elle m'a l'air d'une chic fille.

— Chercherais-tu à me caser, papa, par hasard ?

— Bien sûr que non ! protesta son père un peu trop vite.

— Je suis certain que Mme Pondergrove te pousse à le faire. Je l'imagine très bien en entremetteuse.

— Angela ne souhaite que le bonheur des gens.

— Je suis heureux tel que je suis. Tu peux le répéter à Angela, quand tu la verras.

— Mitch, pour être sincère, j'ai l'impression que tu n'as pas une vie… normale. Tu travailles beaucoup trop et tu passes tous tes moments de liberté avec ces jeunes délinquants. Un homme a besoin d'autre chose !

— Pas moi. Cette existence me convient très bien.

— Monica t'a rendu aigri…

Se faire éconduire deux semaines avant ses noces en aurait en effet refroidi plus d'un, pensa Mitch. Mais il préféra garder le silence.

Jordan reprit la parole.

— Pourquoi n'essaierais-tu pas de sortir de temps en temps avec Brittany ?

— Elle veut quelque chose que je ne peux pas lui offrir. Le mariage !

— Elle arrive dans une ville où elle ne connaît personne et a envie de se faire des amis, c'est normal.

— Envoie-lui donc Angela.

— Je n'aime pas que tu parles d'Angela sur ce ton. C'est une femme adorable ; elle a un cœur d'or.

— Pardonne-moi, papa.

Angela était en effet une femme adorable mais dotée d'une fâcheuse tendance à se mêler des affaires des autres…

— Tu vois ce que je vois ? s'exclama soudain Jordan. Il y a une file d'attente de plusieurs mètres devant sa boutique ! Je suis content pour cette petite ! Les affaires marchent bien, on dirait.

Mais Mitch, qui ne possédait pas le caractère optimiste de son père, remarqua très vite que la queue n'avançait pas. Plusieurs personnes, lasses de patienter, renoncèrent et s'éloignèrent. Il se douta qu'en fait Brittany ne parvenait pas à servir la clientèle.

— Allons ailleurs, proposa-t-il.

— Entrons plutôt et voyons ce qui se passe, répliqua Jordan. Peut-être pourrons-nous être utiles à quelque chose.

— Comment pourrais-je l'aider en quoi que ce soit ? protesta-t-il. Je n'y connais rien en la matière !

— Elle non plus !

Devant la détermination peinte sur le visage de son père, Mitch dut s'incliner avec un gros soupir. Il savait qu'il était parfois inutile de discuter avec Jordan Hamilton.

— Excusez-moi, dit-il en se frayant un chemin à travers la foule agglutinée devant la boulangerie.

A l'intérieur, une odeur de peinture fraîche, si forte qu'elle masquait celle du pain, le prit à la gorge. En découvrant l'état des murs, il n'en crut pas ses yeux. Le papier peint plissait par endroits et quelques posters de Marilyn Monroe, James Dean et Humphrey Bogart devaient cacher les plus grosses erreurs. La boutique ressemblait à un champ de bataille. Il y régnait un tel désordre qu'elle paraissait avoir été soufflée par une bombe.

Les tables étaient jonchées de détritus que personne n'avait apparemment trouvé le temps de nettoyer. Même les fleurs dans les vases courbaient lamentablement la tête.

Quant aux clients, ils semblaient exaspérés.

Brittany se tenait au milieu de ce désastre, avec un tablier maculé et une robe d'été au décolleté vertigineux. Avec ses cheveux hirsutes et son mascara qui coulait sur ses joues, elle semblait sortir du lit.

— Comment cela, vous n'avez plus de beignets ? rouspétait un vieil homme. Voilà quinze ans que j'en achète ici !

Mitch lança un regard vers les présentoirs. A la place des tartes, des gâteaux et des beignets habituels étaient exposées des pâtisseries inconnues. Manifestement, elle n'avait pas vendu une seule de ces nouveautés malgré leurs noms évocateurs : « délice au caramel », « gourmandise au chocolat »…

— Nous n'en avons plus pour l'instant, expliqua-t-elle. N'aimeriez-vous pas plutôt goûter à l'une de nos spécialités ?

— Non, rétorqua-t-il sèchement. Donnez-moi un café.

— Un cappuccino ou un petit crème ? demanda-t-elle avec un grand sourire.

Sors d'ici ! s'ordonna Mitch.

Il en avait assez vu et ne pouvait rien faire pour lui venir en aide.

Au bord de l'hystérie, le client continuait à vociférer.

— Je veux un café américain ! Le même que celui qu'on me sert ici depuis quinze ans ! Est-ce trop vous demander ?

Mitch commit l'erreur de glisser à la dérobée un œil vers la jeune femme. Elle était livide. Son sourire s'évanouit et sa lèvre inférieure se mit à trembler.

Elle avait toujours de la peinture dans les cheveux.

Avec un soupir, il fendit la foule pour s'approcher d'elle.

Il crut voir un bref éclair de soulagement passer dans le regard de Brittany, mais elle se redressa de toute sa hauteur et lui dit :

— Désolée, monsieur, mais vous devrez, comme tout le monde, attendre votre tour pour être servi.

Il se pencha vers elle.

— Coupe un de tes délices au chocolat en morceaux et mets-les sur un plateau. Ne discute pas.

Elle ouvrit la bouche, cherchant manifestement une réplique cinglante puis, après un coup d'œil à l'homme qui attendait toujours son café, obtempéra de mauvaise grâce.

40

S'emparant d'un couteau avec plus d'énergie qu'il n'en fallait, elle trancha le gâteau et le tendit à Mitch.

Il s'en saisit et se tourna, un sourire aux lèvres, vers la jeune femme derrière lui — guichetière à la banque située au coin de la rue — qui consultait sa montre avec impatience.

— Aimeriez-vous goûter à ça ? proposa-t-il d'un air engageant. C'est un délice, une spécialité de la maison ! Vous m'en direz des nouvelles ! Et vous, monsieur Smith ? Les affaires sont bonnes ?

Il remonta la file d'attente, échangeant quelques mots avec ses amis et connaissances. Les clients se réjouissaient d'avoir quelque chose à grignoter pour patienter, d'autant que c'était gratuit.

Du coin de l'œil, il vit son père occupé à nettoyer les tables à l'extérieur. Jordan était l'un des notaires les plus éminents et les plus respectés de la ville, mais il n'hésitait pas à retrousser ses manches pour donner un coup de main. L'humilité dont il faisait preuve en maintes occasions forçait l'admiration de Mitch.

Jordan Hamilton était à ses yeux un véritable héros.

— Mitch, va aider Brittany à servir les clients.

Avec un soupir, il tendit le plateau à un homme dans la queue.

— Prenez-en et faites passer.

Puis il retira sa veste et rejoignit Brittany derrière le comptoir. Au lieu de paraître reconnaissante, elle lui jeta un regard froid qu'il ignora.

A la dérobée, il détailla la manière dont elle était habillée : une robe de plage qui lui dénudait intégralement le dos ! Encore heureux qu'elle l'ait dissimulée derrière ce tablier ! Cette tenue ne convenait pas du tout à ses nouvelles activités ! Et elle portait des talons aiguilles ! Où avait-elle donc la tête ?

— A qui le tour ? demanda-t-il à la cantonade.

Il servit chacun avec le sourire, écoutant les doléances d'un air compréhensif, acceptant les plaisanteries des gens qui le connaissaient, versant du café, promettant que des beignets en nombre suffisant seraient là le lendemain et offrant gracieusement des parts de délice au chocolat aux plus mécontents.

Enfin le flot de clients se tarit. L'heure de pointe était passée.

— Monsieur Hamilton, ne faites pas cela ! s'écria Brittany en apercevant le notaire chargé d'un plateau de vaisselle sale. Vous me gênez !

— A mon âge, c'est un grand honneur de jouer les chevaliers servants auprès d'une jeune femme.

Elle se tourna vers Mitch.

— Tu ne possèdes pas une once du charme de ton père...

— Je suis un enfant adopté.

— Ceci explique donc cela.

Se saisissant du plateau, Mitch passa dans la cuisine pour le poser sur le réfrigérateur, le seul endroit disponible. Le désordre qui régnait dans la pièce était indescriptible. Brittany le rejoignit, l'air accablé.

— Merci, Mitch, dit-elle avec raideur. J'ai apprécié ton aide, mais je pense que je m'en serais tirée de toute façon.

Il s'interdit de lui demander comment.

— C'est le premier jour, après tout, reprit-elle en s'appuyant contre le mur.

Avec un soupir, elle retira une de ses sandales et se mit à se masser le pied.

— Abby m'avait proposé de passer me donner un coup de main, mais je ne pouvais quand même pas lui demander d'interrompre son voyage de noces pour jouer les boulangères !

Quelque chose en elle se transformait chaque fois qu'elle évoquait ses sœurs. Son regard s'illuminait, sa voix devenait plus tendre. Il regretta de l'avoir remarqué.

— Et ton autre sœur ?

— Elle a dû rentrer chez elle tout de suite après la cérémonie. Elle nous retrouvera dans un mois ou deux.

Elle le dévisagea un instant avant de lui lancer avec un sourire machiavélique :

— Pourquoi cette question ? Aimerais-tu l'épouser ?

— Je ne suis pas le genre d'homme qu'on épouse.

N'avait-elle pas l'air soulagée qu'il refuse de passer la bague au doigt de sa sœur comme il avait refusé de la lui passer à elle ? Il aurait été incapable de le dire. A dessein ou machinalement, elle rejeta sa chevelure blonde en arrière et il eut du mal à déglutir.

— A mon avis, tes sandales — et surtout la hauteur de tes talons — ne sont pas appropriées à ton activité. Tu devrais essayer des chaussures orthopédiques. Tu y serais plus à l'aise.

— Elles seraient du plus bel effet avec mes cheveux roses ! Sans parler de ce tablier !

— Tu n'es pas à un défilé de mode, Brittany…

— Les portes n'étaient pas ouvertes depuis cinq minutes que je l'avais compris… Merci de ton aide. Prends une part de gâteau avant de partir et au revoir.

Il récupéra sa veste et s'apprêta à retourner au bureau tandis qu'elle disparaissait derrière une porte.

Mais, au moment où il allait sortir de la cuisine, il l'entendit dans la pièce voisine. Elle pleurait, tout doucement, comme un chaton.

Va-t'en ! s'ordonna-t-il, mais il ne put s'empêcher de tendre l'oreille. Pas de doute. Elle sanglotait derrière la cloison.

— Je te rejoins dans un instant à l'étude, cria-t-il à son père. Je n'en ai pas complètement fini ici.

Son père en parut très heureux.

Mitch retourna dans l'arrière-boutique. Assise sur un tabouret, les épaules secouées par des sanglots étouffés, Brittany se tenait la tête entre les mains. Comme il hésitait sur la conduite à tenir, elle renifla en s'essuyant les yeux du coin de son tablier.

— Brit, murmura-t-il doucement, ne t'inquiète pas, ça va aller.

Il le dit avec conviction même si, en son for intérieur, il doutait qu'elle réussisse à s'en sortir.

En l'entendant, elle bondit sur ses pieds et le fusilla du regard.

— Que fais-tu là ? Tu m'espionnes, à présent ?

— Je ne t'espionnais pas ! Je t'ai entendue et je suis revenu.

— Je n'ai pas besoin de ton aide ! Je m'en sors très bien toute seule !

— C'est ce que je vois…

Aussitôt il regretta ses paroles blessantes.

— Pourquoi ne prendrais-tu pas quelqu'un pour te donner un coup de main ? suggéra-t-il avec gentillesse. Juste pour l'heure de pointe ? Je connais des adolescents qui pourraient…

— Tu ne comprends donc rien à rien ! s'écria-t-elle.

Ses lèvres tremblaient et il lutta contre l'envie de la prendre dans ses bras pour l'embrasser.

— Je ne veux pas de ton aide ! répéta-t-elle. Je n'en voudrais pas même si tu étais le dernier homme sur terre !

Il ne l'avait pas volé, reconnut-il, surpris d'en être touché en plein cœur.

— Très bien, dit-il en tournant les talons. Débrouille-toi. Je m'en moque.

— Tant mieux. Je t'inviterai à la remise des prix du plus grand succès commercial de l'année. Lorsqu'on me remettra la coupe.

— J'enverrai mon smoking chez le teinturier pour l'occasion, répliqua-t-il.

44

Une fois dans la rue, il se demanda si quelqu'un l'avait déjà autant impressionné dans la vie.

A ce point-là, personne.

Jamais.

Et, confusément, il devina que cela ne présageait rien de bon.

3.

Une fois dans la rue, il se demanda si quelqu'un avait pu la
entendre raconter son discours ...

— Avez-vous dit, répéta-t-
denus.

— Et comment pour, il désire que non je pensais en peu de
lui.

La sonnerie du téléphone retentit et, du fond de la baignoire
où elle se prélassait avec délice, Brittany ouvrit un œil. Répondre
signifiait sortir de la baignoire, inonder le sol pour courir jusqu'à
l'appareil… Elle y renonça et s'enfonça voluptueusement dans
la mousse avec un soupir de contentement.

Pendant des années, elle ne s'était jamais inquiétée de savoir
qui épongeait l'eau après ses ablutions. A présent, elle devait
s'en charger elle-même.

Au souvenir d'Anya, la femme de ménage de ses parents qui
s'activait sans cesse le sourire aux lèvres, Brittany éprouva une
certaine culpabilité. Il ne lui semblait pas s'être mal conduite
envers elle, mais il lui avait toujours paru normal que d'autres
nettoient et rangent son désordre à sa place.

Or, depuis cinq jours, elle se retrouvait dans la même situation
qu'Anya. Elle était au service des clients et devait répondre avec
promptitude et amabilité à leurs exigences.

— J'ai dit des beignets aux pommes !

— Comment se fait-il que vous n'ayez plus de pain au seigle,
aujourd'hui ? J'en ai toujours acheté ici !

— Voilà dix minutes que j'attends !

— Je vous ai donné une pièce de 10, pas de 5 !

Ses amis californiens auraient éclaté de rire en la voyant jouer
à la boulangère et n'auraient jamais voulu croire qu'à 7 heures du

soir, elle ne rêvait qu'à son lit. Il n'y a pas si longtemps, à cette heure-ci, elle se préparait à se rendre à l'une des nombreuses soirées auxquelles elle était conviée…

Comme la Californie lui semblait loin, maintenant !

Et que devenait la bande de joyeux drilles avec qui elle avait tant fait la fête ? Leurs appels s'étaient raréfiés aussi vite que son argent, mais cela n'avait pas d'importance, réalisa-t-elle avec surprise. De toute façon, ils ignoraient qui elle était vraiment. Ils ne voyaient en elle qu'une fille qui adorait s'amuser, se coucher tard et conduire trop vite.

Cette existence futile ne la concernait plus, désormais. Avec contrariété, elle s'avoua que ce désintérêt soudain pour sa vie d'avant datait de sa rencontre avec Mitch.

De nouveau, le téléphone se fit entendre. Avec un soupir, Brittany essuya une larme qui coulait sur sa joue. Pourquoi ne cessait-elle de pleurer, ces temps-ci ?

Elle pensait que ce serait facile et amusant de tenir une boulangerie, mais le seul moment agréable de la journée était celui où elle fermait sa boutique.

La dure vérité s'imposa à elle. Elle ne s'en sortait pas. Et dire qu'elle n'était même pas capable de vendre du pain ! Elle qui s'était promis d'afficher en permanence une mine souriante et enjouée n'y réussissait pas. A la fin de la journée, dans sa robe maculée de farine et de café qui n'avait plus rien de pimpant, elle parvenait tout juste à demander d'une voix lasse :

— Vous désirez ?

Les pâtisseries qu'elle avait voulu lancer — certaine qu'elles feraient rapidement fureur — se révélaient un fiasco et Luigi la harcelait pour revenir aux gâteaux classiques que les clients, selon lui, préféraient. Et il se plaignait, à présent, d'une fuite d'eau au-dessus de sa tête au fournil ! Quel mauvais caractère !

Cela dit, il fabriquait le meilleur pain et les beignets les plus succulents de la ville. Les gens continuaient à venir envers et contre tout pour se régaler de ses spécialités.

Mais peut-être finiraient-ils par se lasser…

Il devait pourtant bien exister un moyen de sortir de ces difficultés et elle passait des nuits blanches à se tourner dans son lit, à se creuser la cervelle pour trouver une solution. Elle avait déjà quelques idées en tête et pensait les exposer à Mitch dès qu'elle en aurait la possibilité. Une heure plus tôt, quand elle avait tenté de le joindre à son bureau, sa secrétaire lui avait dit qu'il était en réunion.

Elle entendit sa propre voix sur le répondeur débiter d'un ton pétillant — qu'elle reconnut à peine tant il lui semblait appartenir à une autre époque — son message d'accueil. Puis un inconnu prit la parole :

— Salut, poupée. Je suis l'homme qu'il te faut. Je te devine sensuelle, un brin coquine, et ça me plaît. Rappelle-moi vite, tu ne seras pas déçue, ma jolie.

Comment avait-elle pu être assez bête pour passer cette annonce dans le journal ? *J.F. cherche un mari.* Depuis, tous les détraqués de la région n'arrêtaient pas de l'appeler. Quelle idée stupide aussi d'avoir laissé ses coordonnées téléphoniques ! A présent, elle serait sans doute obligée de changer de numéro. La nuit, elle devait débrancher l'appareil pour pouvoir dormir sans être réveillée par ces appels incessants.

Elle savait très bien pourquoi elle avait fait cette bêtise : à cause de lui, de Mitch ! Pour nier l'attirance qu'elle éprouvait pour lui, la minimiser en s'intéressant à d'autres… Et aussi pour lui prouver qu'elle n'avait pas besoin de lui pour trouver chaussure à son pied. Elle l'imagina tombant sur son annonce, la lisant d'un air désapprobateur. Il se douterait que c'était la sienne. Forcément.

La sonnerie du téléphone retentit une nouvelle fois et la voix mélodieuse d'Abby se fit entendre.

— Salut, Brit, tu vas bien ? Pourrais-tu passer pour essayer la robe que m'a commandée Mme Pondergrove ? Dimanche, vers 11 heures, ça t'irait ? Merci. Je t'embrasse.

Brittany poussa un profond soupir. Quel dommage que Corrine ne soit pas là pour rendre à Abby ce service à sa place ! Elle n'avait vraiment aucune envie de se voir dans une robe de mariée en ce moment ! Elle se rappela celle qu'Abby confectionnait le mois dernier sans savoir qu'elle la porterait finalement pour épouser Shane. C'était un vêtement magnifique, une véritable tenue de princesse, parfaite pour sa sœur. Mais pas pour elle. Le style romantique ne lui allait pas.

D'ailleurs, elle n'était sans doute pas non plus du style à se marier. Elle finirait par perdre la boulangerie et se retrouverait à la rue, sans emploi. Curieusement, la perspective de devoir rendre cette boutique la réconforta, même si elle n'avait pas la moindre idée de la manière dont elle gagnerait alors sa vie…

Le téléphone sonna de nouveau.

— Assez ! s'écria Brittany.

N'y avait-il donc pas moyen de prendre un bain en paix ?

Une voix virile enregistra un message sur son répondeur.

— Salut, chérie ! Si tu veux un mâle, un vrai, je suis ton homme. Je suis impatient de t'attraper avec mon lasso, ma petite pouliche. Je suppose que tu filtres tes appels. Alors je vais raccrocher, ma puce, et je te rappelle tout de suite.

— Va au diable ! s'exclama-t-elle en levant les yeux au ciel.

Tout ce qu'elle voulait, c'était un mari, un grand brun, séduisant…

Quand la sonnerie se fit entendre une nouvelle fois, elle sortit de son bain, furieuse, et se rua sur l'appareil. D'un geste brusque, elle décrocha et lança avec hargne :

— Je ne suis pas votre pouliche et si vous me dérangez encore, votre lasso, je vous étrangle avec ! C'est clair ?

Silence.

Soudain, elle sut qui était au bout du fil… Mitch Hamilton qui, pour une raison incompréhensible, surgissait toujours au moment où elle pensait à un mari.

— Brittany ?

Elle poussa un soupir.

— Mitch ?

— Ma secrétaire m'a dit que tu cherchais à me joindre…

Bien qu'elle lui ait affirmé qu'il était le dernier homme vers qui elle se tournerait pour trouver de l'aide, elle avait, en réalité, besoin de lui. Peut-être parviendrait-il à la débarrasser de cette boulangerie de malheur. Elle voulait lui demander si elle pourrait éventuellement louer son fonds de commerce à Luigi sans que cela vienne en contradiction avec les clauses du legs.

— Que se passe-t-il ? s'enquit-il. Il y a des gens qui t'importunent au téléphone ?

— Oui, d'une certaine façon.

Pourquoi fallait-il toujours qu'il la surprenne aux pires moments ? Elle avait attendu son coup de fil, préparé soigneusement ce qu'elle lui dirait afin de l'impressionner par sa force intérieure et son humour. Et voilà le résultat !

— Des appels obscènes ? demanda-t-il avec inquiétude.

— En quelque sorte, oui.

— Préviens la police, dit-il d'un ton ferme.

Encore un ordre !

Elle aurait dû se révolter de sa tendance à vouloir régenter sa vie comme s'il avait affaire à une petite fille immature mais, au son de sa voix sensuelle, elle ne put réprimer un frisson. Elle se souvint alors du goût de ses lèvres, de la chaleur de ses mains sur elle, de la flamme qui brillait dans ses yeux magnifiques.

De plus, elle avait besoin de lui.

— C'est ma faute, admit-elle à contrecœur.

— Comment cela ?

— J'ai passé une annonce dans le journal.

— Pour trouver de l'aide à la boulangerie ?

— Non… pas exactement.

Il y eut un long silence pendant lequel elle put presque entendre les rouages de son cerveau se mettre en marche, décoder ses paroles, en tirer les conclusions… puis il jura.

— Ne me dis pas que tu as essayé de dénicher un mari ?

— Eh bien…

— Réponds à ma question !

— Oui, finit-elle par reconnaître sans ajouter à quel point elle le regrettait.

— Et tu as mis ton numéro de téléphone sur l'annonce ?

— Tout ça, c'est ta faute, Mitch ! Je l'ai fait parce que tu m'as envoyée promener ! Et voilà le travail !

Elle était très fière de la manière dont elle se justifiait, de son ton léger, moqueur… comme s'il ne lui avait pas brisé le cœur en la rejetant sans appel.

— Comment as-tu pu faire une bêtise pareille ? Tu es complètement folle !

— Je t'en prie, inutile de retourner le couteau dans la plaie ! J'ai eu largement le temps de me rendre compte de mon erreur.

Il poussa un gros soupir et elle l'imagina secouant la tête, tentant de maîtriser son agacement. Elle se demanda comment il était habillé et consulta sa montre. Sans doute venait-il de rentrer chez lui. S'était-il changé ? Avait-il enfilé un jean et un T-shirt ?

— Et tu as, bien sûr, pensé à annuler la prochaine parution de ton annonce ? poursuivit-il.

Sans répondre, elle se mordit la lèvre. Il lança un autre juron.

Elle éclata alors de rire.

— Evidemment ! Puis je me suis dit qu'il valait peut-être mieux la formuler autrement, demander qu'on m'écrive au journal pour répondre, par exemple.

— Tu es décidée à aller jusqu'au bout de cette histoire ?

— Je n'ai pas le choix ! Je dois absolument me marier !

Mais rien qu'à entendre sa voix chaude et calme au bout du fil, elle savait qu'aucun autre ne trouverait grâce à ses yeux.

— Brit, si je finissais par te passer la bague au doigt pour t'empêcher de faire n'importe quoi, je risquerais d'être très malheureux toute ma vie.

C'était un progrès, pensa-t-elle. Au mariage d'Abby, il avait affirmé qu'il ne l'épouserait pour rien au monde, fût-elle la dernière fille sur terre.

— Pourquoi m'as-tu appelé ? reprit-il.

— J'aurais besoin de te voir. C'est assez urgent.

— A propos d'une question juridique ?

— Oui, on peut dire cela.

— Je consulte mon agenda… Demain, vers 11 heures ?

— Je ne peux pas quitter la boulangerie en milieu de journée. Cela m'ennuie de t'imposer des heures supplémentaires, mais pourrais-tu me donner rendez-vous en fin de semaine ? Cela ne prendra pas beaucoup de temps et…

— Dimanche, à 11h30 ?

— Parfait. Je serai chez ma sœur pour des essayages. Pourrais-tu m'y retrouver ?

Elle lui donna l'adresse.

Mitch ne lui reprocha pas d'empiéter sur son week-end et ne lui demanda pas non plus de quoi elle voulait s'entretenir avec lui. Comment allait-elle s'y prendre pour lui avouer la situation ? Le chiffre d'affaires de la boulangerie ne cessait de dégringoler depuis qu'elle avait repris l'exploitation. Cette semaine, après avoir payé Luigi, il ne lui restait plus rien, à part des tonnes de pain pour ne pas mourir de faim…

— A dimanche, dit-il brièvement.

Il ne l'embrassait pas, remarqua-t-elle, un peu déçue. Manifestement, il avait déjà oublié le baiser échangé au mariage d'Abby.

Avec un soupir, elle retourna se plonger dans sa baignoire.

Mitch raccrocha et consulta sa montre. Presque 20 heures ! Ce n'était pas une heure pour être encore à l'étude... Il secoua la tête en pensant à Brittany. Dans quel journal cette idiote avait-elle passé son annonce ?

D'un geste déterminé, il prit sa veste et se dirigea vers le bureau de sa secrétaire, une femme un peu forte à la gentillesse légendaire. Elle se trouvait encore devant sa machine à écrire.

— Rentrez chez vous, lui dit-il, se sentant un peu coupable. Vos enfants doivent vous attendre.

— A cette heure-ci, ils sont à la piscine et mon mari est en déplacement professionnel. Je n'ai rien de mieux à faire qu'à travailler. Avez-vous besoin de quelque chose ?

— Avez-vous gardé les exemplaires des *Nouvelles de Miracle Harbor* de la semaine dernière ?

— J'ignorais que les résultats des parties de bridge du troisième âge vous intéressaient, observa-t-elle en riant. Vous les trouverez près de la machine à café.

— Merci, Millie.

Il se rendit à la cafétéria, déserte à cette heure tardive, et s'empara du quotidien daté du samedi précédent. Avec fébrilité, il le feuilleta pour y dénicher la rubrique « mariages ».

Seigneur ! Elle l'avait fait ! Elle avait osé ! Son annonce lui sauta aux yeux : *J.F. cherche mari. Bonne situation souhaitée. Sens de l'humour indispensable...*

Fronçant les sourcils, il poursuivit sa lecture.

... entre 30 et 45 ans...

Quarante-cinq ans ! Pensait-elle vraiment qu'un vieillard pourrait la rendre heureuse ? Avec son énergie débordante, elle le tuerait en deux jours ! A l'exception peut-être de Farley Houser, bien entendu. Avec un soupir, il continua.

… aimant les voyages, le théâtre, les dîners aux chandelles, les bains moussants à deux…

Inutile de se demander pourquoi tous les détraqués sexuels du secteur la harcelaient au téléphone ! Les bains moussants à deux ! Avait-elle perdu la tête ? Qu'elle ne s'étonne pas de s'attirer des ennuis !

… et n'éprouvant aucune frayeur pour les insectes, les araignées en particulier.

Mitch n'avait vraiment pas envie de s'esclaffer. Cette fille était folle à lier !

Pourtant, il se surprit à éclater d'un fou rire irrépressible.

Il n'avait pas ri d'aussi bon cœur depuis longtemps.

Il relut la précision concernant les araignées et s'esclaffa de plus belle. Elle terminait son annonce par un *Physique agréable apprécié mais pas essentiel* qu'il trouva également très drôle.

Soudain, il aperçut sa secrétaire à la porte de la cafétéria, prête à s'en aller. Elle lui sourit.

— Cela fait du bien de vous voir rire ainsi, monsieur, dit-elle avant de s'éclipser.

Un bon moment, il resta dans son fauteuil à méditer. Brittany avait-elle raison de le juger trop sérieux ? Peut-être, avec le temps, l'était-il devenu… Non, en réalité, il l'avait toujours été.

Il se revit, petit garçon, s'occupant de ses frères et sœur. Des années durant, il s'était efforcé de les protéger, de les élever, de tenir la maison. Un jour, il avait même volé du pain pour les nourrir.

Sa mère buvait et il croyait alors qu'en devenant un enfant modèle, il parviendrait à l'empêcher de s'adonner à l'alcool.

Il poussa un profond soupir. Son passé lui collait à la peau. Comment aurait-il pu oublier cette époque ? Elle faisait partie de lui. Son bureau était impeccablement rangé, ses dossiers étiquetés avec soin… Par réaction au chaos dans lequel il avait grandi, il s'était persuadé qu'atteindre la perfection dans tous les domaines lui permettrait de tout maîtriser.

Son enfance l'avait marqué à jamais. Il n'aimait guère sortir ni s'amuser et préférait travailler, dominer les situations, assumer ses responsabilités.

Brittany, sans le savoir, remettait en cause le petit monde bien organisé bâti autour de lui. Elle le titillait sous la cuirasse.

— Abby, tu m'as piquée !

— Excuse-moi. Peux-tu cesser de gigoter pendant cinq minutes ?

— Ce n'est pas ma spécialité. Cette robe est très différente de l'autre, n'est-ce pas ?

— Elles sont le jour et la nuit ! Et Mme Pondergrove refuse toujours de me dévoiler à qui elle destine celle-ci ! Je sais seulement qu'elle veut l'offrir à quelqu'un envers qui elle s'estime infiniment redevable…

Brittany ne s'intéressait pas vraiment aux petits secrets de la vieille dame. Elle se sentait nerveuse comme une chatte à l'idée de revoir Mitch.

Qu'allait-elle lui dire ? Devait-elle lui avouer le fiasco de son entreprise ? Ne serait-il pas préférable de minimiser sa débâcle ? Comment parviendrait-elle à lui cacher l'accablement dans lequel la plongeait cet échec ?

— Oui, c'est bien mystérieux, répondit-elle d'un air absent.

Lorsque Abby en aurait fini, elle irait remettre le petit ensemble jaune qu'elle portait en arrivant. La veste découvrait sa gorge juste ce qu'il fallait et son pantalon moulant mettait en valeur ses longues jambes. En la voyant habillée ainsi, Mitch ne remarquerait sans doute pas son désespoir lorsqu'elle lui expliquerait sa lassitude de jouer les boulangères. Elle le convaincrait qu'elle n'était pas faite pour ce travail et préférait se lancer dans un commerce qui conviendrait mieux à ses goûts.

— Je vais donner gratuitement cette robe à Mme Pondergrove, décida Abby.

Brit, qui n'avait pas les moyens d'acheter autre chose que du thon en boîte pour se nourrir depuis huit jours, trouva l'idée révoltante.

— Gratuitement ? Tu plaisantes ?

— Une petite voix intérieure me souffle de le faire.

— Pourquoi n'en ai-je pas une, moi aussi ? Elle me serait bien utile !

Abby se mit à rire. Brittany aimait beaucoup sa joie de vivre. Même si elle échouait sur toute la ligne, il lui resterait ses sœurs et cette idée la réconforta.

— Tu en as une, comme tout le monde, Brit ! Mais peut-être ne l'écoutes-tu pas…

— Abby, dépêche-toi ! J'ai demandé à Mitch de me retrouver ici et…

— Mitch ?

Un sourire complice aux lèvres, Abby leva les yeux vers elle, avide d'en apprendre plus.

— Ne va pas t'imaginer Dieu sait quoi ! s'exclama Brit. Ce n'est pas ce que tu crois ! D'ailleurs, je lui ai proposé de m'épouser et il a refusé. Affaire classée.

Sciemment, Brit en parlait avec humour, ponctuant chaque phrase d'un petit rire pour bien souligner que tout cela n'était qu'un jeu et qu'elle n'y attachait aucune importance. Mais sa sœur ne parut pas dupe de sa légèreté apparente.

— S'il ne s'intéresse pas à toi, pourquoi vient-il ?

— J'ai besoin d'un petit conseil juridique… Et tu sais, avec un commerce, il n'est pas facile de s'absenter !

Elle ne lui dit pas que, si elle fermait sa boutique en semaine, elle n'aurait même plus de quoi acheter du thon en boîte.

— A ce propos, tout va bien, à la boulangerie ? Tu semblais ne plus savoir où donner de la tête quand j'y suis passée, l'autre jour.

En toute occasion, Abby faisait preuve de tact et de diplomatie, remarqua Brittany.

— Merveilleusement bien ! assura-t-elle.

Abby la considéra d'un air soucieux.

— Je peux venir t'aider, si tu en as besoin.

Emue, Brittany mesura la générosité de sa sœur. Abby lui proposait de lui prêter main-forte comme si elle n'avait pas déjà à assumer un métier de couturière, une petite fille de deux ans et un mari !

— Tout marche comme sur des roulettes, répéta-t-elle, un peu nerveusement.

— C'est sympa de la part de Mitch de venir travailler avec toi le week-end.

— Je crois qu'il est accro aux heures supplémentaires.

— A mon avis, il a surtout envie de te voir… Je l'ai vu t'embrasser, au mariage.

Brittany haussa les épaules.

— Nous avions l'un comme l'autre un peu abusé du champagne.

Elle préféra ne pas avouer à sa sœur qu'elle seule avait bu plus que de raison.

— J'ai fini, annonça Abby en se relevant. Si tu veux, va jeter un coup d'œil dans la glace avant de la retirer. Tu es ravissante, habillée ainsi.

Avec curiosité, Brittany contempla son reflet dans le grand miroir du salon et son cœur mit à battre la chamade.

Cette robe était magnifique et lui allait comme un gant. D'une coupe sexy, moulante et largement décolletée, elle mettait en valeur sa taille fine et ses courbes harmonieuses. Sa sœur l'avait confectionnée en satin et de minuscules petites roses dorées ornaient le devant.

— Comme elle est belle ! s'exclama Brit.

Malgré les apparences, cette tenue n'avait rien d'innocent. Elle était conçue pour une femme sensuelle, assumant sa féminité, fière de son corps.

Soudain, d'étranges pensées assaillirent Brittany. Pourquoi n'essaierait-elle pas de se marier par amour ? Pour vivre une grande et belle histoire, se perdre dans le regard d'un homme, respirer au rythme de son cœur, s'épanouir sous ses caresses…

La tête dans les étoiles, elle resta devant le miroir en s'imaginant unie pour toujours à quelqu'un avec qui elle pourrait rire, danser, chanter, aimer !

Des larmes apparurent au coin de ses paupières et coulèrent sur ses joues. Oui, elle avait envie d'un époux qui l'aimerait. Etait-ce trop demander ?

D'un revers de main, elle essuya ses yeux. Lorsqu'elle se regarda de nouveau dans la glace, elle crut défaillir.

Il était là, derrière elle, la contemplant. Et, dans ses prunelles bleues, elle vit briller une passion sauvage qui la fit frissonner.

Le temps lui parut suspendu et elle eut l'impression de rêver. Cet homme, les mains dans les poches de son jean, appuyé au chambranle de la porte, faisait partie de la délicieuse illusion dans laquelle elle baignait depuis qu'elle avait revêtu cette robe.

Puis elle se rendit compte que c'était vraiment Mitch.

Pourquoi fallait-il toujours qu'il la surprenne dans les moments où elle se sentait si vulnérable ?

Et pourquoi apparaissait-il toujours lorsqu'elle pensait à un mari ?

— Ça y est, tu as commandé ta robe de mariée ? demanda-t-il d'un ton sardonique. J'ignorais que tu avais déjà trouvé chaussure à ton pied !

Le menton relevé d'un air de défi, elle lui lança, souveraine :

— Je n'aime pas être prise au dépourvu…

— Voilà exactement le genre de phrase que j'aurais pu dire, répliqua-t-il en souriant.

Son sourire la fit fondre et Brittany eut soudain envie que l'image aperçue brièvement dans son miroir — elle et lui unis pour la vie — devienne réalité.

4.

Mitch regarda Brittany en se demandant s'il était bien réveillé. Elle semblait sortir tout droit d'un conte de fées.

Sans savoir comment, il eut la certitude que la jeune femme drapée de satin et de tulle était Brittany et non sa sœur. Comme l'avait fait remarquer son père, Brittany brûlait d'un feu intérieur et, dans cette robe, tout ce qui l'entourait menaçait de s'enflammer… à commencer par lui.

Il n'avait jamais vu de robe de mariée comme celle-ci. Bien sûr, il n'était pas expert en la matière. Mais ce modèle lui paraissait trop sexy pour habiller une promise rougissante. Trop audacieux, trop sensuel, il ressemblait à Brittany. Si ce n'est que l'expression peinte sur le visage de cette dernière n'avait rien de provocant. Elle paraissait émerveillée, songeuse, émue… comme une jeune femme au matin de ses noces qui rêve à l'Amour avec un grand A, à l'engagement total, aux vœux éternels…

Mitch, lui, ne croyait plus à l'Amour depuis longtemps. Depuis Monica…

A l'époque, il commençait à travailler avec son père et prenait son indépendance. Il s'était fiancé à une ravissante avocate, issue de ce monde auquel il n'aurait jamais pensé pouvoir prétendre.

Puis tout s'était brutalement terminé lorsqu'une étude de Portland lui avait proposé de l'engager. Pour la première fois de sa vie, il se voyait offrir un salaire confortable, une carrière prometteuse, la possibilité de montrer l'étendue de ses capacités...

Malgré cela, il avait préféré rester à Miracle Harbor. Son père prenait de l'âge et les jeunes délinquants dont il s'occupait avaient besoin de lui.

Monica n'avait pas compris son choix. Elle trouvait stupide de renoncer à une telle opportunité. Deux semaines avant leur mariage, après moult discussions, elle avait posé un ultimatum. Soit il acceptait ce poste, soit elle rompait avec lui.

Leur histoire avait ainsi pris fin.

Et à présent, en contemplant Brittany en mariée, Mitch éprouvait une étrange douleur.

Bientôt, revêtue de cette robe, elle s'avancerait vers l'autel où un homme l'attendrait, un homme qui verrait son visage rayonnant, la flamme qui éclairait ses prunelles et qui saurait qu'elle brillait pour lui.

Bientôt.

Et Mitch avait déclaré que ce ne serait certainement pas lui...

Le regard de Brittany croisa le sien dans le miroir. Ses yeux bleus — magnifiques — paraissaient plus brillants que d'habitude, plus profonds. Sans doute était-ce le résultat d'un savant maquillage.

Quand il lui demanda ironiquement si elle avait déjà commandé sa robe, il la vit se ressaisir et se protéger de sa flèche derrière une légèreté de façade.

— Je n'aime pas être prise au dépourvu..., lança-t-elle en le toisant avec défi.

Il devina la vulnérabilité de la jeune femme sous ses airs bravaches. Lui aussi avait envie de bâtir une muraille autour de lui afin qu'elle ne puisse l'émouvoir... avec sa beauté, son idéalisme et ses rêves.

— En réalité, elle n'est pas pour moi. Je ne fais que l'essayer, expliqua-t-elle. Abby la confectionne pour cette vieille dame qui était au mariage avec ton père.

Que comptait faire Angela Pondergrove d'une tenue de ce genre ? s'interrogea Mitch, stupéfait. Il ne put s'empêcher de regretter que cette robe ne soit pas pour Brittany.

Il éprouvait un curieux mélange de déception et de soulagement.

— J'arrive un peu tôt, reprit-il.

— Nous avons fini, assura Abby en se levant. Brit n'a plus qu'à monter se changer.

Abby avait un doux sourire empreint de gentillesse, un sourire qui n'avait rien de comparable avec celui, diabolique, de Brittany.

A contrecœur, Mitch s'assit sur le canapé. Il se sentait aussi gauche qu'un collégien se rendant pour la première fois chez les parents de sa petite amie avant de l'emmener au bal. Comme s'il y avait jamais été ! Adolescent, il était mal à l'aise en société, craignant toujours de trahir son passé de petit voyou.

Quand Brittany revint, elle portait un ensemble jaune canari au décolleté un peu trop vertigineux au goût de Mitch. Elle avait relevé ses cheveux en un petit chignon sage, mais des mèches folles s'en échappaient. Dieu merci, elle ressemblait plus, à présent, à une gamine insupportable — et irresponsable — qu'à une jeune mariée.

— Au revoir, Abby ! cria-t-elle avant d'entraîner Mitch au-dehors. Toi, ajouta-t-elle en riant, en jean et en T-shirt, je n'en crois pas mes yeux… Je ne sais pas pourquoi, mais je t'aurais plutôt imaginé en sportswear… En tenue de golf, par exemple. Cela t'irait bien.

— Je ne joue pas au golf.

— C'est vrai ? s'exclama-t-elle, étonnée. J'étais persuadée que, comme l'équitation, c'était un sport obligatoire pour un notaire.

Manifestement, elle avait une image négative de cette profession. Pourquoi éprouvait-il l'envie de la convaincre qu'il était d'une autre trempe ? Le désir de la saisir à bras-le-corps et de l'embrasser jusqu'à ce qu'elle demande grâce le tenailla. Heureusement, son esprit pragmatique l'emporta.

— Tu voulais me parler d'un problème juridique ?

— Oui. Pourrions-nous aller boire un café quelque part ? Ce serait plus facile.

— Bien sûr.

Dans la voiture, il ne put s'empêcher de faire l'imbécile et d'appuyer sur l'accélérateur, espérant l'impressionner.

Mais, apparemment, elle avait l'habitude de la vitesse. Loin de s'effrayer, elle s'absorba dans la contemplation de ses mains. A l'allure folle où il roulait, il n'arrivait pas à suivre la conversation. Quand elle se rendit compte qu'il ne lui répondait pas, elle s'enfonça dans un silence qu'il trouva blessant.

Blessant parce qu'il aimait le son de sa voix. Il avait l'impression que, depuis qu'elle était entrée dans sa vie, le soleil brillait plus fort.

Il se gara devant un petit café niché en haut d'une falaise surplombant la mer. Mitch trouvait l'endroit très romantique, mais il se persuada qu'il avait jeté son dévolu sur cette brasserie parce qu'à cette heure-ci, un dimanche, il n'y aurait pas grand monde et qu'ils auraient la possibilité de discuter sans être environnés de conversations bruyantes.

Dès qu'ils entrèrent, un barbu attablé envoya une œillade éloquente à Brittany qui parut ne rien remarquer. Ils s'installèrent près des baies vitrées d'où ils pouvaient admirer le superbe panorama.

Brit prit place en évitant soigneusement le regard de Mitch.

Elle suivit des yeux un vol de mouettes au-dessus de l'océan, admirant à haute voix la beauté de ces oiseaux.

— De quoi voulais-tu me parler ?

— J'aimerais d'abord savoir combien coûte une consultation, dit-elle d'un ton badin.

Il sentait pourtant que la question n'était pas sans importance pour elle.

— Pour toi, rien du tout !

— Oh non ! Je ne veux pas que tu me fasses la charité. Je…

— Ecoute, si je réussis à résoudre ton problème, nous parlerons d'argent plus tard. Pour l'instant, expose-moi simplement la situation.

Elle soupira, sembla hésiter encore. Enfin, elle se jeta à l'eau.

— J'ai envie de laisser tomber la boulangerie. Et je voudrais savoir comment je le pourrais légalement.

Malgré le sourire et l'air insouciant qu'elle affichait, Mitch remarqua que sa lèvre inférieure tremblait. Il mesura à quel point cet aveu devait lui coûter.

Ne lui avait-elle pas assuré, il y a moins d'une semaine, qu'elle se verrait décerner le prix de l'entreprise la plus performante de l'année ?

— Pourquoi ? s'enquit-il.

Elle esquissa un geste de lassitude.

— Je ne suis pas faite pour ce travail. Tu ne me verrais pas plutôt tenir une boutique de mode ?

— Tu as hérité d'une boulangerie…

— La personne qui me l'a donnée ne sait rien de moi. Comment aurait-elle pu deviner de quel genre de commerce j'avais besoin ?

— Dis-moi ce qui ne va pas.

— Rien ! Mais je crois que je me sentirais plus dans mon élément à vendre des vêtements. Penses-tu que je pourrais changer d'activité ? s'enquit-elle, pleine d'espoir.

— Je ne connais pas bien le dossier, Brit, mais *a priori*, je dirais non.

Accablée, elle baissa la tête.

— La situation ne s'est donc pas améliorée depuis le jour de l'ouverture ? poursuivit-il.

Délibérément, il s'était arrangé pour être hors de vue à l'heure du café afin que son père ne puisse le traîner dans la boulangerie de Brittany. Il ne pouvait supporter de la voir au milieu de ce désastre.

— Qu'est-ce qui ne va pas, Brittany ?

— Rien. Tout va très bien, assura-t-elle.

— Tu mens plutôt mal, Brit, dit-il avec douceur. Quelles sont les véritables raisons qui te poussent à vouloir rendre ton tablier ?

Elle détourna les yeux mais il prit sa main pour l'obliger à le regarder en face. Avec un gros soupir, elle murmura d'une petite voix :

— Je ne pensais pas que cela se passerait ainsi…

— Comment cela ? demanda-t-il, devinant qu'ils abordaient enfin le fond du problème.

— Je croyais que ce serait amusant de tenir une boulangerie. Mais c'est tout le contraire. Je ne supporte même plus de voir entrer un client. Cela signifie qu'il va y avoir plus de monde et donc plus de vaisselle à faire. Je n'arrive pas à nettoyer les tables au fur et à mesure, et personne n'apprécie les pâtisseries dont j'espérais lancer la mode !

Tandis qu'elle lui ouvrait son cœur, il ne cessa de la dévisager avec attention.

— Les gens s'en vont quand je ne les sers pas assez vite. Si je me trompe en leur rendant la monnaie, ils me traitent de voleuse. Après la fermeture, je passe des heures à tout ranger et nettoyer… Je n'en peux plus !

Pourquoi était-il consterné de la voir si… abattue ?

— Pourrais-tu m'aider à trouver le moyen de laisser tomber cette boulangerie et de vendre des robes, Mitch ?

— Cette question est du ressort de mon père.

— Oh ! Mitch, comment pourrais-je lui avouer que j'ai tout gâché, que j'ai échoué sur toute la ligne ? Mais j'ai pensé à quelque chose… Aurais-je le droit de céder mon fonds à Luigi ? Ou de le lui louer ? Je suis sûre qu'il en serait très content.

Mitch trouva soudain intolérable que cette femme si pleine de vie, si passionnée, si gaie, se considère elle-même comme une ratée.

— Peux-tu m'aider ? répéta-t-elle.

— Je le crois…

Le soulagement qui illumina aussitôt le visage de Brittany s'effaça lorsqu'il ajouta :

— Mais pas de la façon dont tu le voudrais.

— Comment cela ?

— A mon avis, tu n'as pas mis toutes les chances de ton côté dans cette affaire.

Il ne lui dit pas que, si elle renonçait à cette boulangerie, elle garderait pour toujours, ancré en elle, le souvenir de cette défaite. Elle n'aurait plus envie alors de prendre la vie à bras-le-corps, de se battre contre vents et marées, de relever fièrement les épaules. La petite flamme qui l'animait s'éteindrait. Et il n'en supportait pas l'idée.

Jusqu'ici, elle était persuadée d'être une gagnante, qu'il lui suffisait de vouloir très fort quelque chose pour réussir. Si les vicissitudes de l'existence l'amenaient à douter d'elle-même,

elle deviendrait sûrement plus réaliste, plus pragmatique...
Comme lui.

Il n'en était pas question. Le monde regorgeait de gens comme lui.

— Mais j'ai essayé ! protesta-t-elle d'une voix teintée de révolte.

— Pendant une semaine ?

Elle lui jeta un regard noir, ce qui parut à Mitch de bon augure. Il la préférait furieuse que vaincue.

— Tu ne peux pas imaginer à quel point je suis fatiguée ! reprit-elle. L'odeur du pain me réveille au petit matin. A présent, elle me donne même la nausée, parce qu'elle signifie que Luigi travaille depuis quatre heures et qu'il y a déjà deux éviers pleins à laver. Bien avant l'ouverture de la boutique, je descends pour mettre en route la machine à café et m'attaquer à cette vaisselle. Puis les clients arrivent ; ils laissent les tables couvertes de détritus. J'ai essayé, Mitch, mais je ne m'en sors pas, je dois me rendre à l'évidence.

— Je pense avoir la solution. Je travaille bénévolement dans une association qui s'occupe de la réinsertion de mineurs délinquants. Parfois, le plus difficile pour ces jeunes est de trouver quelqu'un qui leur donne une chance de prouver qu'ils sont capables d'autre chose que de voler.

— Tu t'occupes de délinquants ? Pourquoi ?

Il haussa les épaules.

— J'ai été comme eux, à une certaine époque. Et quelqu'un m'a aidé à m'en tirer.

— Jordan ?

— Exactement.

— De quels délits t'étais-tu rendu coupable ? s'enquit-elle avec curiosité.

— J'ai fait toutes les bêtises qu'un gosse des rues peut faire, mais j'ai été arrêté pour un vol de Mobylette.

— J'en étais sûre ! s'exclama-t-elle. Je le savais.

Il se demanda comment. Personne au monde n'aurait pu le deviner, et certainement pas Brittany. Et ses clients non plus, heureusement.

— Pourrions-nous revenir au sujet qui nous préoccupe ? dit-il.

— Mitch, je trouve formidable que tu tendes la main à ces jeunes, mais je serais personnellement incapable de travailler avec eux. Je n'ai aucun talent pour cela et d'ailleurs, les enfants ne m'aiment pas ; pas même ma nièce, Belle.

Elle dut lire sa contrariété sur son visage parce qu'elle finit par avouer :

— D'accord. En fait, je n'ai pas les moyens de payer quelqu'un pour m'aider. Financièrement, cette semaine a été un désastre.

— Je peux t'obtenir une allocation qui te permettra d'être remboursée de la moitié de leur salaire.

— Vraiment ?

Brittany n'avait pas l'air emballée.

— Absolument. Tu aurais ainsi la possibilité de demander à l'un d'eux de faire la vaisselle et de nettoyer les tables pendant l'heure de pointe.

Elle parut un peu plus concernée. Pour la première fois depuis le début de leur entretien, elle le regarda dans les yeux. Ses épaules se redressèrent imperceptiblement et un léger sourire se dessina sur ses lèvres.

Mais elle s'inquiéta soudain.

— Ces jeunes sont-ils de vrais délinquants ?

Sans cesser de la dévisager, il opina du menton.

— Ils ont commis des crimes ? Lesquels ?

— Il s'agit de mineurs. Leurs casiers judiciaires sont confidentiels.

— Ont-ils tués des gens ?

— Non, mais tu n'en sauras pas plus.

— Qui me dit qu'ils n'essaieront pas de me voler ?

— Tu me fais confiance ou pas ?

En voyant la lumière qui éclaira ses yeux, il sentit son cœur battre plus vite.

— D'accord, déclara-t-elle après un instant. Je te fais confiance.

Et Mitch eut l'impression de recevoir un cadeau sans être certain de le mériter.

L'heure de pointe du lundi matin était passée et Brittany poussa un gros soupir. Elle avait tellement espéré que quelqu'un d'autre se chargerait désormais de cet afflux de clientèle ! Et comment avait-elle pu laisser Mitch la convaincre d'engager de jeunes repris de justice ? C'était de la folie !

Si Luigi avait pris en main la boulangerie, elle se serait contentée d'encaisser le loyer. Avec cet argent, elle aurait pu ouvrir une boutique de mode. Il n'y en avait qu'une dans la rue principale, si sombre qu'elle ne donnait envie à personne d'en pousser la porte. Avec une couche de peinture et une vitrine bien arrangée...

— Bonjour...

Brit, qui alignait des beignets sur les présentoirs — Luigi refusait de confectionner des délices au chocolat tant que la fuite d'eau ne serait pas colmatée —, interrompit son travail.

De l'autre côté du comptoir se tenait une adolescente qui se balançait d'un pied sur l'autre, visiblement mal à l'aise. Elle devait avoir seize ou dix-sept ans et ses vêtements démodés, comme ses cheveux mal décolorés et son épais maquillage, ne la mettaient pas en valeur.

— Je suis Laurie Rose. M. Hamilton m'a dit de venir vous parler.

Ma première criminelle…, pensa Brittany en l'observant avec circonspection.

Le visage fermé, Laurie Rose promenait un regard intimidé autour d'elle.

Cherchait-elle ce qu'elle pourrait voler ? s'inquiéta Brittany. Ai-je le droit de l'interroger sur ce qu'elle a fait ?

En voyant la lueur de panique qui brillait dans les yeux de la jeune fille, elle comprit que Laurie Rose était terrifiée à l'idée d'être là, de se voir rejeter, et sut qu'elle ne lui demanderait pas pour quelle raison elle avait été condamnée. *Fais-moi confiance*, lui avait dit Mitch.

— Bonjour, Laurie Rose, lança-t-elle avec gentillesse. M. Hamilton t'a-t-il expliqué à quel point je suis débordée ?

Laurie secoua négativement la tête.

— J'ai ouvert cette boutique il y a une semaine, lui raconta-t-elle. Je n'ai jamais été boulangère de ma vie, et j'avoue que j'ai du mal à m'en sortir. Pour tout dire, je n'y arrive pas.

Stupéfaite, Laurie Rose la dévisagea en silence.

— Je suis derrière le comptoir et il me faudrait quelqu'un pour desservir les tables, les nettoyer et permettre ainsi aux nouveaux arrivants de s'asseoir sans attendre.

— Je peux m'en occuper, assura l'adolescente.

Elle avait soudain perdu son air dur.

— Seulement, je n'ai besoin d'aide qu'à l'heure de pointe, s'empressa de préciser Brittany. Et je ne pourrai pas te payer beaucoup…

— D'accord.

— Comment se fait-il que tu ne sois pas au lycée ?

— Je suis nulle, répondit Laurie Rose.

Brutalement, elle retrouvait sa mine butée.

— Mais je suis capable de faire la vaisselle. Je l'ai faite toute ma vie. Pour le reste, je suis bête comme mes pieds.

Malgré l'affirmation catégorique de la jeune fille, Brittany fut intuitivement persuadée du contraire.

— Quand pourrais-tu commencer ? demanda-t-elle.

Laurie Rose ouvrit des yeux grands comme des soucoupes.

— Vous avez envie de m'embaucher ?

— Pourquoi pas ?

— M. Hamilton m'a dit que vous me poseriez beaucoup de questions, que vous voudriez savoir jusqu'où je suis allée à l'école, où j'ai travaillé auparavant… Il m'a entraînée à répondre.

La pensée de Mitch se préoccupant de cette fille, la guidant pour l'aider à réussir, toucha Brittany. Derrière son apparence froide et distante, il cachait un cœur d'or.

D'une certaine façon elle l'avait deviné, avant même que Laurie Rose ne pousse la porte de sa boulangerie.

— Ecoute, Laurie Rose. Je ne sais pas plus mener un entretien d'embauche que tenir un commerce, mais si tu peux me donner un coup de main avec la vaisselle et les tables, cela me tirera une grande épine du pied.

— J'ai été arrêtée, lui lança soudain Laurie en la regardant droit dans les yeux.

— Bon.

— Plusieurs fois.

— Oh !

— Vous pouvez m'interroger, si vous voulez.

— Je crois que je préfère ne pas le savoir, Laurie Rose. Si un jour tu as envie de m'en parler, tu le pourras, mais pour l'instant, mon problème est d'arriver à faire tourner ma boutique. Voilà ce que je te propose : je te prends à l'essai une semaine et dans huit jours, si nous sommes contentes de travailler ensemble, je t'embauche. D'accord ?

— D'accord !

Et un grand sourire épanouit le visage de Laurie Rose qui parut à Brittany infiniment plus belle.

— Très bien, poursuivit-elle. Cela m'arrangerait que tu commences le plus vite possible.

— Maintenant ? proposa Laurie Rose, pleine d'espoir.

Brittany eut envie de l'embrasser.

— Je crois que j'espérais cette réponse !

Soudain, Brittany se réjouit d'avoir fait confiance à Mitch. Sans lui, elle n'aurait jamais eu le bonheur de voir cette jeune fille se métamorphoser sous ses yeux.

— Merci, madame.

— Si tu m'appelles ainsi une fois de plus, je te renvoie ! la réprimanda-t-elle en riant. Je suis Brittany. Ou Brit.

— Mais M. Hamilton m'a dit que…

— Il n'est pas obligé de savoir tout ce qui se passe entre toi et moi.

— Je ne veux rien lui cacher, protesta Laurie Rose.

Et elles éclatèrent de rire.

Dès le lendemain, la boulangerie avait complètement changé d'allure. Laurie Rose s'était mise à l'ouvrage avec enthousiasme. Après avoir fait la vaisselle et nettoyé les tables, elle s'armait d'un chiffon pour faire étinceler les présentoirs. Elle ne rechignait pas à la tâche et ne regardait jamais sa montre.

Le premier jour, quand Brittany l'invita à rentrer chez elle — faute de pouvoir lui payer des heures supplémentaires —, la jeune fille lui assura qu'elle préférait être là.

Les clients paraissaient satisfaits et Luigi lui-même semblait de meilleure humeur que d'habitude. Il était très content de travailler, maintenant que Laurie Rose se chargeait de la vaisselle.

Le seul regret de Brittany était que Mitch ne soit pas passé à la boutique pour constater par lui-même la transformation radicale de la situation. Il s'était contenté de l'appeler pour lui annoncer que sa demande de prise en charge avait été acceptée et qu'elle pourrait se faire rembourser la moitié du salaire versé à Laurie Rose.

— Brit, vous n'allez pas jeter ces gâteaux ? s'écria Laurie Rose d'une voix indignée tandis qu'elles rangeaient la boulangerie à la fin de le première semaine.

— Ils ne seront plus bons, lundi, tu sais…

— Pouvez-vous me les donner ?

— Bien sûr !

— Pour le centre de réinsertion, ajouta-t-elle, et Brit comprit qu'elle lui mentait pour la première fois.

Avec tristesse, elle devina qu'il ne devait pas y avoir grand-chose à manger chez Laurie.

Soudain, elle eut envie de prendre dans ses bras cette pauvre gamine terrorisée qui sursautait au moindre bruit, mais elle n'osa pas. Aussi proposa-t-elle avec gentillesse :

— Laurie Rose, aimerais-tu que je te montre comment te maquiller autrement ?

Dans l'arrière-boutique, elle installa la jeune fille sur une chaise et entreprit de mettre sa petite frimousse en valeur. Elle regarda le résultat de ses efforts avec satisfaction et lui tendit un miroir.

— Maintenant, tu vas me dire ce que tu en penses.

Laurie Rose considéra son reflet d'un air stupéfait.

— Mais… je suis belle ! s'écria-t-elle avec candeur.

— Tu ne le savais pas ? demanda Brit avec un sourire. Je crois que nous pourrions aussi te coiffer autrement.

— Vraiment ? Oh oui ! Ce serait bien ! Il y a une fête demain au centre et…

Riant comme deux bonnes amies, elles essayèrent plusieurs coiffures avant d'arrêter leur choix sur un simple bandeau qui lui dégageait le visage. Puis, à contrecœur, Laurie Rose rentra chez elle.

Ce soir-là, en réintégrant son appartement, Brittany ne se sentait pas aussi épuisée que d'habitude. Elle était même en pleine forme.

Et elle crut exploser de bonheur lorsqu'elle s'aperçut que son répondeur avait enregistré un message de Mitch ! Il lui demandait si elle aimerait l'accompagner pour chaperonner le bal du centre de réinsertion, le lendemain !

Il lui donnait une seconde chance et Brittany était bien décidée à la saisir.

5.

Mitch considéra son téléphone. Il mourait d'envie d'appeler Brittany. Composer son numéro ne présentait pas de difficulté. Mais ensuite, que lui dirait-il ?

Bien sûr, il pourrait lui parler de sa boulangerie et de Laurie Rose.

Quelle honte, à son âge, d'ignorer la manière d'aborder les femmes !

En réalité, il n'avait aucun problème pour leur adresser la parole. Sauf à une. Brittany.

Il tenta d'en analyser la raison et parvint à la conclusion rassurante que Brittany Patterson le mettait mal à l'aise parce qu'elle voulait se faire épouser au plus vite et qu'il était fermement décidé à rester célibataire.

Elle cherchait un mari. Et lui...

Que cherchait-il, au fait ?

Jusqu'au moment où elle avait surgi dans sa vie, il s'estimait très heureux de son sort. Son travail lui plaisait, il appréciait la ville où il habitait ainsi que sa maison surplombant l'océan. Et il aimait consacrer une grande partie de son temps aux jeunes délinquants.

Il avait l'habitude de tout contrôler et cela lui paraissait une bonne chose.

Cependant, depuis qu'elle avait posé ses lèvres sur les siennes, il n'avait plus l'impression d'être un homme comblé et ne maîtrisait plus rien. Il revivait des émois d'adolescent, repensant sans cesse à la couleur de ses yeux, à la douceur de ses baisers, aux courbes de son corps, à son parfum. Même le souvenir de la peinture rose qui tachait ses cheveux l'attendrissait…

D'un geste résolu, il saisit le combiné. S'il fut soulagé de tomber sur son répondeur, il ne put s'empêcher de se demander où était la jeune femme. A cette heure-ci, elle aurait dû être rentrée de son travail depuis longtemps ! Etait-elle en train de rencontrer des candidats au mariage ?

Cette question le tourmentait souvent. Avait-elle poursuivi ses recherches sans réaliser que, quoi qu'ils en disent, ces types ne comptaient nullement lui passer la bague au doigt mais seulement la mettre dans leur lit ? Et avait-elle revu Farley ?

Dans un éclair de bon sens, il résolut de ne pas y faire la moindre allusion dans son message. Il préféra lui proposer de l'accompagner au centre de réinsertion pour chaperonner les jeunes qui y organisaient une soirée. Comme si danser de nouveau avec elle avait la moindre chance de lui remettre les idées en place !

Pourquoi s'inquiéter ? se dit-il en raccrochant. De toute manière, elle ne viendrait pas. Pouvait-il sérieusement l'imaginer se rendant à une fête de délinquants pour y jouer les chaperons ? Elle avait sans doute l'habitude des rallyes huppés — smokings et robes longues de rigueur — où le champagne coulait à flots.

De plus, la dernière fois qu'il l'avait vue, elle se plaignait d'avoir mal aux pieds. Elle n'aurait donc sûrement aucune envie d'aller danser.

Lorsque son téléphone se mit à sonner, il lut sur le combiné d'où provenait l'appel et étouffa un cri de joie. C'était elle !

Le cœur battant, il décrocha.

— Oui ?

— Bonsoir, Mitch. C'est Brit. Tu travailles encore, à cette heure-ci ? La vie que tu mènes est infernale !

Elle parlait d'une voix enjouée, comme si elle avait passé la journée à s'amuser sur la plage et non derrière son comptoir à servir des clients.

— J'allais partir.

— La journée a été rude ?

Une douleur sourde le traversa. Comme il aurait aimé pouvoir raconter à quelqu'un ses préoccupations quotidiennes, les anecdotes du bureau, les bêtises du stagiaire… Il prit soudain conscience de sa profonde solitude.

— Non, pas particulièrement, assura-t-il.

— Tant mieux. Quant à moi, j'ai passé une excellente semaine. Merci, merci infiniment de m'avoir envoyé Laurie Rose. Elle est fantastique !

— Je suis content que tu t'entendes bien avec elle.

Où étais-tu après ton travail ? eut-il envie de lui demander.

— Je serais ravie de t'accompagner à la fête du centre, demain soir. Je suis au mieux de ma forme et je n'ai plus la moindre trace de peinture rose ! Tu viendras me chercher ? Comment devrai-je m'habiller ? Il y a-t-il un thème à cette soirée ?

— Pas que je sache. Les jeunes ont simplement envie de se retrouver pour danser autour de la sono.

— Laurie Rose a emporté des beignets que je m'apprêtais à jeter en prétendant les apporter au centre, mais je crois qu'elle ne m'a pas dit la vérité.

Touché, il entendit la tristesse qui perçait dans sa voix. Il sentit s'estomper la petite douleur qui lui serrait le cœur.

— Elle vient d'une famille nombreuse, expliqua-t-il. Et ses parents ne sont pas très riches. Tu sais, Brit, je ne suis pas certain que tu apprécieras cette soirée. Elle sera sûrement très différente de celles auxquelles tu es habituée.

Retenant son souffle, il attendit qu'elle se rétracte et s'excuse de ne pouvoir venir. Il l'espérait et le craignait à la fois.

— Que la vie serait triste si on ne faisait que ce à quoi on est habitué ! s'exclama-t-elle. Dans ce cas, je ne me serais jamais occupée d'une boulangerie !

Il ne put s'empêcher de sourire. Comment cette fille se débrouillait-elle pour lui arracher tant de sourires, à lui qui en était plutôt avare ?

— Tu me sembles contente de ta semaine…

— Oui, tout s'est bien passé et j'ai moins envie de rendre mon tablier.

— Tant mieux. Je passerai te prendre vers 8 heures, demain. D'accord ?

— Parfait. Et si on se déguisait ? Tu pourrais venir habillé en pirate et moi en danseuse de french cancan ! Cela mettrait de l'ambiance et ferait rire les gosses.

— Pas question, répondit-il fermement.

— Mitch, t'a-t-on déjà dit que tu étais rabat-joie ?

— Non.

— Eh bien je te le dis !

— Tu sais danser le french cancan ? ne put-il s'empêcher de demander.

— Bien sûr ! Nous avions organisé un spectacle de music-hall au collège. Voilà pourquoi j'ai le costume, quelque part.

Un éclair de désir le traversa en imaginant ses longues jambes gainées de bas résille dans des jupons affriolants.

Comme si elle avait parfaitement conscience de l'état dans lequel elle le mettait, elle éclata de rire avant de raccrocher sans même dire au revoir.

Secouant la tête, il regarda le récepteur. Avec elle, il avait toujours l'impression d'être pris dans une tornade qui chamboulait tout sur son passage. Et lui qui aimait tant le calme et la tranquillité !

Il lui suffisait de penser à elle pour perdre le nord.

En vérité, il la trouvait irrésistible. Elle l'attirait comme un aimant. Même s'il jouait avec le feu, ce duel avec cette fille si pleine de vie lui plaisait.

Cependant, samedi soir, il se tiendrait sur ses gardes ; pas question de la laisser l'affoler avec ses baisers.

En quittant son bureau, il se demanda si elle porterait une robe rouge. Il adorait cette couleur.

— Abby, pourrais-tu me prêter ta robe rouge ? s'enquit Brit lorsqu'elle appela sa sœur un peu plus tard dans la soirée. Tu sais, celle que tu portais le soir de mon arrivée à Miracle Harbor ? Celle que tu avais mise pour ensorceler ton cher et tendre…

— Je ne l'ai jamais mise pour l'ensorceler ! Que vas-tu imaginer ?

— Mais si, mais si, sœurette, reconnais-le. Tu voulais lui faire perdre la tête et ça a marché ! Et justement, j'aimerais rendre un homme fou.

— De qui s'agit-il ? l'interrogea Abby.

Elle semblait presque avoir pitié de ce malheureux.

Brittany s'étonna de n'avoir pas envie de nommer Mitch. Troublée, elle se rendit compte qu'elle ne voulait pas assimiler ce qui se passait avec lui aux jeux de séduction habituels.

Pourtant, quel mal y avait-il à essayer de lui plaire ? Dommage qu'il ait refusé sa proposition de venir déguisée en danseuse de french cancan ! Dans ce costume, elle attirerait immanquablement les regards de tous les hommes aux alentours.

Pourquoi désirait-elle à ce point séduire Mitch ?

Pour être sincère, elle n'en savait rien mais le simple fait de penser à lui la mettait en transe. Combien de fois avait-elle été tentée de l'appeler, cette semaine ? Mitch, tu ne devineras jamais ce qui arrive ! Une dame m'a commandé un énorme délice au chocolat pour l'anniversaire de son mari ! Mitch, Luigi m'a souri aujourd'hui ! Comme s'il pouvait s'intéresser à ce genre de détails !

Avec étonnement, elle mesura à quel point elle était seule. Elle l'avait toujours été. Bien sûr, maintenant, elle avait des sœurs ! Mais ce n'était pas pareil…

Arrête ! s'ordonna-t-elle. Ne commence pas à broyer du noir.

Le lendemain soir, elle s'habilla et se maquilla avec soin avant de contempler son reflet dans le miroir. Elle se trouva ravissante et virevolta pour admirer la manière dont la robe tournait autour d'elle en dévoilant ses jambes.

Elle essaya d'imaginer le visage de Mitch, la lueur qui s'allumerait dans ses prunelles lorsqu'il la découvrirait si belle, si pétillante, et son cœur battit plus vite.

Soudain, elle tendit l'oreille. Quel était cet étrange chuintement en provenance de la boulangerie ?

Inquiète, elle décida de descendre voir de quoi il s'agissait. Sans prendre la peine d'enfiler ses chaussures, elle dévala l'escalier pour entrer par l'arrière-boutique. Un frisson la parcourut en sentant de l'eau sous ses pieds nus. Seigneur ! Une inondation ! Quand elle voulut actionner l'interrupteur, elle constata que le courant était coupé. Scrutant l'obscurité, elle repéra un filet d'eau qui s'échappait d'un tuyau au plafond. La canalisation céda soudain, déversant sur elle un torrent qui la trempa de la tête aux pieds. Elle ne put réprimer un cri de surprise.

Que faire ? se demanda-t-elle, pétrifiée. A un moment pareil, elle aurait apprécié d'avoir un mari !

— Brit ?

Sa première pensée — incongrue en cet instant — fut que Mitch apparaissait une fois de plus alors qu'elle venait de penser à un époux.

— Je suis là ! cria-t-elle. Dans la cuisine !

A la vue de sa haute silhouette dans l'embrasure de la porte, elle éprouva un intense soulagement. Grand, calme, il était manifestement l'homme de la situation et elle ne doutait pas qu'il saurait exactement ce qu'il convenait de faire.

— Ne bouge pas, Brit.

Pourquoi fallait-il toujours qu'il lui donne des ordres ?

Cependant, quelque chose, dans le ton de sa voix, la fit obtempérer. Une petite note d'angoisse ?

— Pourquoi ? s'enquit-elle.

Sans répondre, il disparut dans la pénombre. Lorsqu'il revint quelques instants plus tard, il la prit dans ses bras et la pressa à l'étouffer contre lui.

— Le disjoncteur a sauté, heureusement, murmura-t-il à son oreille.

Avec sa robe mouillée plaquée contre elle, elle avait l'impression d'être nue. Elle sentait son torse viril écraser la pointe de ses seins tandis qu'il l'étreignait comme un fou en la dévorant des yeux. Pourtant, elle n'avait plus rien de la fille tirée à quatre épingles, époustouflante dans sa robe sexy aux couleurs de la passion ! Alors pourquoi ce regard enflammé ?

Décidément, la gent masculine restait un mystère !

— Le disjoncteur ? répéta-t-elle dans un souffle.

Nichée dans son cou, elle ne redoutait plus rien. Elle respirait le parfum suave de son eau de toilette, la chaleur de sa peau et n'éprouvait plus qu'un grand bien-être.

Il avait l'odeur indéfinissable, mystérieuse, merveilleuse, d'un homme.

— Tu veux dire que j'aurais pu être électrocutée ?

— La prochaine fois qu'il y a une inondation chez toi, appelle un plombier ou les pompiers... ou moi, ajouta-t-il doucement.

Puis il l'entraîna en lieu sûr, près de la porte.

— Je vais aller couper l'eau avant que tout le bâtiment ne soit submergé.

Il tournait déjà les talons lorsqu'il fit lentement volte-face pour la regarder avec attention.

— Tu as mis une robe rouge ?

— Eh oui ! répondit-elle avec un soupir.

— Monte te changer.

Encore des ordres !

Sortant un morceau de papier de sa poche, il y griffonna un numéro.

— Voici le numéro de Laurie Rose. Peux-tu lui passer un coup de fil pour lui dire ce qui se passe ? J'ai peur d'être obligé d'annuler la fête de ce soir...

— Oh non ! la soirée... Nous ne pouvons pas leur faire ça !

— Ces gosses savent mieux que quiconque que la vie réserve parfois de mauvaises surprises. Ils comprendront. Dis-leur que ce n'est que partie remise.

— Non, nous n'avons qu'à nous changer en vitesse et voilà tout !

— Si nous n'épongeons pas tout cette eau immédiatement, elle va provoquer des dégâts irrémédiables. Je vais voir ce que je peux faire. Toi, file appeler Laurie Rose. Reporter la fête n'est pas très grave, mais je ne veux pas que ces gosses se morfondent devant le centre en pensant qu'un adulte les a encore laissés tomber.

Quatre à quatre, Brittany grimpa l'escalier et composa le numéro de Laurie Rose. La jeune fille lui parut catastrophée d'apprendre non pas que la soirée était annulée, mais que la boulangerie risquait d'être endommagée.

Puis Brit ôta sa robe et enfila rapidement un vieux jean qu'elle retroussa jusqu'aux genoux, avant de redescendre voir le désastre.

— Mon père possède une pompe, lui dit Mitch. Je vais faire un saut jusque chez lui. Tu veux venir avec moi ?

Bien sûr, elle mourait d'envie de l'accompagner, mais elle n'était plus la fille irresponsable qu'elle incarnait encore deux semaines auparavant.

— Non, je vais rester ici et commencer à écoper.

Surprise du grand vide qu'elle ressentit lorsqu'il quitta la pièce, elle se rendit au fond de la boulangerie pour y prendre des seaux et se mit à l'ouvrage.

Mitch revint très vite, les bras chargés d'une pompe et d'une lampe tempête. Une lumière tamisée permit d'évaluer l'étendue des dégâts. C'était une catastrophe. La pièce ressemblait à un bateau en train de sombrer. Des ustensiles divers et des papiers flottaient lamentablement sur un sombre océan. Sans hésiter, Mitch se jeta dans la gadoue.

— Tes vêtements vont s'abîmer, remarqua-t-elle avec un soupir. Dommage que tu n'aies pas adopté le style sportswear comme je te l'avais conseillé ! Il aurait été plus approprié à la situation…

Il la dévisagea un instant d'un regard pénétrant puis, remontant ses manches, actionna la pompe.

Armée de son seau et d'une serpillière, Brit épongeait de son côté et vit avec satisfaction le niveau de l'eau commencer à baisser.

Tout à coup, elle aperçut, par la vitrine de sa boutique, une grosse et vieille voiture noire qui s'arrêtait devant l'immeuble.

Un nombre impressionnant de jeunes aux mines patibulaires en descendirent.

Des voyous en maraude à la recherche d'un mauvais coup, pensa-t-elle.

Mitch remarqua également le véhicule et un grand sourire éclaira son visage.

— J'en étais sûr, s'écria-t-il. Ils sont formidables !

Il se précipita dans la rue, saluant chaque arrivant par son prénom.

— Je vous présente une de mes amies, Mlle Patterson, leur dit-il.

— Brittany, corrigea-t-elle.

Un moment, ils la dévisagèrent avec timidité. Puis le plus grand de la bande décréta avec un clin d'œil à Mitch qu'elle avait l'air cool et la glace fut brisée.

— Tu as ton permis, Peter ? lui demanda soudain Mitch.

Le garçon baissa la tête.

— Laurie Rose nous a raconté ce qui se passait. C'était une urgence…

Elle vit Mitch se mordre les lèvres pour s'empêcher de sourire.

— Je vous reconduirai chez vous, dit-il. Etes-vous prêts à travailler ?

— On est venus pour ça.

Brit, qui les suivait, observa avec un respect grandissant la manière dont Mitch les dirigeait.

Ces jeunes étaient venus l'aider, elle, une parfaite inconnue pour eux et, quelque part, ce geste ainsi que la façon dont ils se comportaient avec Mitch rendaient complètement accessoire leur apparence inquiétante.

Quelques instants plus tard, une autre voiture se gara à son tour devant la boutique. Un groupe d'adolescents surgirent, les bras chargés de seaux et de serpillières.

— On vient vous donner un coup de main ! s'écrièrent-ils en se précipitant vers la boulangerie.

— Merci, leur lança Mitch. Je vous présenterai plus tard à Brit. Pour l'instant, suivez-moi à l'intérieur. Vous, essayez de récupérer les objets qui flottent dans cette eau et de les mettre au sec. Vous autres, faites la même chose avec les meubles. Toi, mets les chaises sur les tables. Et voilà Laurie Rose, notre ange gardien !

La jeune fille rougit.

— Tu as changé de coiffure ? remarqua-t-il. Comme cela te va bien !

Brittany fut émue qu'au milieu de tout ce remue-ménage, Mitch trouve le temps de regarder la jeune fille et de lui dire un mot gentil.

Comme elle peu auparavant, tous ces jeunes étaient sur leur trente et un. Malgré cela, ils entraient dans la gadoue sans hésiter. Elle fut également surprise de la façon dont ils considéraient Mitch et lui parlaient. Avec respect, admiration et même plus encore. Avec amour.

Sans s'arrêter à son air froid et distant, ils voyaient en lui un homme bon au cœur généreux. Et ils avaient raison.

Lorsqu'elle le vit se pencher vers un grand gaillard au crâne rasé, l'écouter attentivement avant de rejeter la tête en arrière pour éclater de rire, elle sut qu'elle aussi le découvrait à présent sous son vrai jour.

Bientôt sa boulangerie fut remplie d'un joyeux brouhaha. Garçons et filles écopaient méthodiquement et se passaient les seaux sans relâche. Très vite, leurs efforts réunis furent couronnés de succès.

C'est alors que Brittany reçut le contenu d'un récipient d'eau dans le dos. Se retournant pour fustiger son agresseur, elle aperçut Mitch, trempé comme une soupe, qui s'esclaffait.

Avec un cri indigné, elle le poursuivit pour lui rendre la pareille, encouragée par les adolescents.

— Allez-y, mademoiselle Brit. Attrapez-le !

Mitch zigzagua entre les meubles, tentant de lui échapper, mais il glissa sur le sol détrempé et s'étala de tout son long sur le carrelage de la cuisine. Dans un éclat de rire, elle lui versa en riant le contenu de son seau sur la tête.

D'un mouvement de jambe, il la fit tomber sur lui et, un instant, elle crut qu'il allait l'embrasser. Les gosses aussi, qui encouragèrent leur idole à grands cris. Puis ce fut soudain le silence. Pétrifiés, tous reconnurent le bruit d'une sirène qui approchait.

Deux voitures de police, gyrophares allumés, s'arrêtèrent devant la boutique. Des hommes en uniforme en bondirent et crièrent à la cantonade :

— Les mains en l'air, tout le monde ! Sortez d'ici dans le calme !

Bouleversée, Brittany s'aperçut qu'ils brandissaient des revolvers.

Mitch se releva d'un mouvement souple.

— Restez ici, ordonna-t-il. Et ne bougez pas d'un cil.

Les bras levés, il sortit de la boutique dans la lumière des phares. Il n'avait peur de rien et se jetait dans la bagarre sans se départir de son calme olympien.

Brittany remarqua le profond malaise et la peur des gamins qui l'entouraient. Heureusement, les policiers, après avoir échangé quelques mots avec Mitch, se contentèrent de jeter un bref coup d'œil à l'intérieur en promenant leurs torches sur les murs, avant de s'en aller. Tous poussèrent alors un soupir de soulagement

Il était plus de minuit quand ils parvinrent au bout de leurs peines. A la lumière de la lampe tempête, Brittany estima que les dégâts étaient finalement minimes.

— Parfait ! s'exclama-t-elle. Que chacun d'entre vous prenne une cannette dans le frigo et monte chez moi ! Je vais faire du pop-corn ce qui, je le reconnais, est un bien maigre salaire pour le coup de main que vous m'avez donné.

Dans une joyeuse bousculade, cannette à la main, tous se précipitèrent dans l'escalier, excités à l'idée de découvrir son appartement.

— Ils sont trempés, chuchota Mitch à son oreille. Ils vont tout saccager avec leurs vêtements mouillés.

— Ne t'inquiète pas, répondit-elle. Le mobilier ne craint rien. De plus, ils m'ont tous aidée, moi qu'ils ne connaissent même pas. Je ne vais quand même pas me formaliser s'ils tachent ma moquette !

Quand ils les rejoignirent, la petite bande avait envahi le salon de Brit et regardait, intriguée, sa collection de CD.

— Peter, t'as déjà entendu un chanteur qui s'appelle Mozart ?

Elle entra dans la cuisine, Mitch sur les talons.

— Tu es trempée, lui dit-il. Pourquoi n'irais-tu pas te changer pendant que je m'occupe du pop-corn ?

— Je ne veux pas de traitement de faveur.

Bientôt, toutes les casseroles disponibles furent remplies d'eau et mises sur le feu.

— En tout cas, lui dit-elle, tu as pu constater aujourd'hui que je sais faire quelque chose de mes dix doigts…

— C'est vrai ! Je t'ai jugée hâtivement. Tu sais faire cuire du pop-corn ! Un point pour toi !

Avant qu'elle n'ait eu le temps d'exploser de fureur, il cria aux gosses.

— Laissez cette chanson. C'est Bette Midler !

Mais elle passa à la trappe comme les autres.

En un clin d'œil, les adolescents dévorèrent les rations de pop-corn puis les filles dénichèrent un CD de Céline Dion, celui de la bande du film *Titanic*. Les garçons gémirent en chœur en levant les yeux au ciel.

A la fin du disque, lorsqu'ils eurent tout nettoyé sans se faire prier, Mitch leur dit qu'il était temps pour eux de rentrer.

— Je vais vous ramener. Peter, je t'interdis désormais de prendre le volant !

Avec un clin d'œil, Peter sortit son permis de sa poche, manifestement ravi d'avoir réussi à faire croire à Mitch qu'il n'en avait pas.

— Je l'ai passé, hier. Moi, j'aurais jamais fait un truc illégal ! s'exclama-t-il avec un regard malicieux.

Puis il se tourna vers Brittany.

— La fête prévue ce soir est reportée à samedi prochain. J'espère que vous viendrez !

— Avec plaisir, si je suis invitée.

— Ben… je viens de le faire ! s'écria Peter, surpris.

— Elle veut dire par M. Hamilton, lui souffla Laurie Rose en lui envoyant un coup de coude.

Le silence tomba puis une jeune fille prénommée Daisy commença à taper dans ses mains, imitée bientôt par toute la bande.

— Demandez-lui de venir, demandez-lui de venir…, scandèrent-ils dans un bel ensemble.

— D'accord, d'accord, cria Mitch en levant les bras pour obtenir le silence. Mademoiselle Brit, me feriez-vous le grand honneur de m'accompagner à la soirée du centre de réinsertion la semaine prochaine ?

— Avec grand plaisir, assura-t-elle en riant.

Peu après, les adolescents dévalèrent l'escalier et la pièce parut soudain étrangement vide. Il ne restait que Mitch et la voix de Céline Dion en fond sonore.

Il avait un air sauvage avec ses vêtements trempés et ses cheveux plaqués sur son front.

— Tu leur as plu, Brit. Ce n'est pas le cas de tout le monde.

— Tant mieux. Moi aussi, je les aime bien.

— File te coucher, dit-il en lui caressant tendrement la joue. Tu as l'air exténuée.

— Pas avant que tu m'aies accordé une danse.

Un petit sourire aux lèvres, il la prit dans ses bras.

— Tu sais ce que tu fais ? chuchota-t-il.

— Parfaitement…

— Tu trembles de froid.

— Je ne vais pas tarder à me réchauffer.

Les bras noués autour de son cou, elle se pressa contre lui. Elle se sentait épuisée et heureuse tandis qu'ils se berçaient au son de la musique..

— Tu avais raison, chuchota-t-il en lui embrassant tendrement les cheveux. Tu m'avais promis que je te verrais ce soir à ton avantage, et ce fut effectivement le cas.

Jamais elle n'avait entendu de plus gentil compliment.

— Mitch, murmura-t-elle. Tu es vraiment sûr de ne pas vouloir m'épouser ?

Elle sourit quand il ne répondit rien.

6.

— Merci de m'avoir prévenu, Laurie Rose. C'est une très bonne idée et j'ai hâte d'y être. Nous allons bien nous amuser !

Il venait de mentir à la jeune fille mais, dans un sursaut de dignité, Mitch refusait de le reconnaître.

Raccrochant le combiné, il prit sa veste et se dirigea vers le couloir.

— Papa, tu viens prendre un café ?

— Pas ce matin, fiston. J'ai rendez-vous avec Angela.

Mitch garda le silence. Il n'appréciait pas beaucoup cette femme toujours en train de se mêler des affaires des autres.

Son père adoptif était veuf depuis l'année où Mitch avait obtenu son diplôme. Son épouse avait rendu l'âme après un dur combat contre le cancer.

Encore aujourd'hui, Mitch ne pouvait penser à elle sans émotion. Hélène lui avait donné tellement d'amour ! Elle l'avait accueilli, ainsi que ses frères et sœur, les bras ouverts. Toute sa vie, elle avait souhaité avoir des enfants et les avait toujours traités comme tels.

Parfois, il lui semblait qu'elle avait été sa véritable mère…

Soudain, il prit conscience que sa loyauté envers Hélène l'empêchait de se réjouir de la relation que son père entretenait avec cette Mme Pondergrove.

Jordan paraissait heureux ; n'était-ce pas ce qui comptait ? Il n'avait pas à le juger mais, bien au contraire, à lui souhaiter le plus de bonheur possible.

Il soupira.

— Transmets-lui mon meilleur souvenir, papa.

Surpris, son père le dévisagea d'un regard pénétrant.

— Où vas-tu prendre ton café ?

— Là où nous allons toujours, répondit Mitch avec légèreté, comme si cela ne signifiait rien pour lui.

Jordan ne dit rien mais son petit sourire fut plus éloquent qu'un commentaire.

Mitch descendit la rue principale en sifflotant. Il se sentait d'une humeur allègre. Peut-être fallait-il voir là un effet du printemps. Le soleil brillait, les fleurs commençaient à éclore, et leur parfum embaumait l'atmosphère. Emerveillé, Mitch avait l'impression de voir le monde pour la première fois.

Lorsqu'il entra dans la boulangerie, il prit garde à ne pas faire tinter la cloche accrochée à la porte. L'endroit semblait calme, ce matin.

Brittany lui tournait le dos et il détailla d'un œil appréciateur la vision qu'elle lui offrait. Elle sursauta lorsqu'il lança :

— Trois douzaines de beignets ! Et tout de suite !

Elle se retourna, prête à sortir ses griffes comme une chatte en colère, mais son visage s'épanouit d'un grand sourire en le reconnaissant. Elle tenta sans succès de repousser en arrière les mèches folles qui s'échappaient de son chignon.

— Je commençais à croire que tu me snobais, Mitch ! Est-ce parce que je t'ai enrôlé d'office chaque fois que tu es entré ici ?

— Non, c'est parce que ces murs roses me font mal aux yeux.

— Achète des lunettes de soleil !

— A quoi puis-je t'être utile, aujourd'hui ?

— A rien ; aussi je t'autorise à n'être qu'un client. Mais veille à ce que cela ne devienne pas une habitude.

— Qu'as-tu de bon à m'offrir ?

— Des beignets au chocolat ou au miel et du café. Américain. J'ai renoncé à proposer de l'originalité à ma clientèle. Elle n'est pas capable de l'apprécier.

— Toi, par contre, tu sais te faire apprécier partout.

A ce compliment, elle rougit et la teinte que prirent ses joues donna à Mitch l'envie de bondir par-dessus le comptoir. Se maîtrisant avec peine, il poursuivit :

— En réalité, j'ai fait un saut jusqu'ici parce que Laurie Rose vient de m'appeler...

Brittany écarquilla de grands yeux innocents.

— Ah bon ?

— Pour me dire qu'un thème était prévu samedi soir...

— Vraiment ? s'écria-t-elle, feignant à la perfection la surprise.

— Ne joue pas les saintes-nitouches avec moi, Brit ! Je sais très bien qui lui a fourré cette idée dans la tête.

— Elle n'est même pas venue, aujourd'hui ! C'est son jour de congé !

— Quoi qu'il en soit, chacun doit venir déguisé en son héros de cinéma préféré.

— Formidable ! s'exclama-t-elle, comme si c'était la première fois qu'elle en entendait parler. Je pourrai m'y rendre en Marilyn Monroe, Elizabeth Taylor, Bette Davis... J'ai l'embarras du choix.

— Tu n'auras pas à choisir. Il a été décidé que ceux qui viendront à deux se travestiront de concert en couple de cinéma.

— Mais je n'ai jamais dit ça à Laurie Rose !

— Tu t'es trahie !

Renonçant à faire semblant de nettoyer la machine à café, elle se tourna vers lui et croisa les bras.

— Je suppose que tu es à l'origine de cette modification ?

— Evidemment !

— Nous pourrions nous costumer en mariés, comme dans le film…

Etait-elle capable de penser à autre chose qu'au mariage ? se demanda-t-il avec un soupir.

— J'avais pensé à Mickey et Minnie, rétorqua-t-il.

— Tu plaisantes ! Déguisons-nous plutôt en *La Belle et la Bête* ! Je ferais une Belle magnifique ! Non, je sais ! Nous allons incarner les héros de *Autant en emporte le vent* ! Je serai Scarlett et toi Rhett !

— Pas question !

— Tu n'es pas drôle ! Tu ne sais pas t'amuser !

— C'est vrai, je te rappelle que je suis un rabat-joie.

— Accepte et je te promets une douzaine de beignets et deux cafés gratuits par jour pendant un an ! D'accord ?

— Non. Je suis certain que tu seras adorable en Minnie. Je t'imagine très bien avec deux grandes oreilles noires et un nez en trompette.

— L'assureur est passé ce matin.

— Alors ? Quelles sont ses conclusions ? s'enquit-il, sachant que ce changement de sujet était important.

— Les dégâts ne sont pas trop sérieux, mis à part les murs qui ont été abîmés. La compagnie accepte de prendre en charge les travaux de maçonnerie.

— Formidable !

— Je me demandais si les jeunes de ton centre ne seraient pas contents de se charger de ce travail.

— Très bonne idée, lui dit-il.

— A ton tour maintenant d'en avoir une. Trouve n'importe quoi d'autre que Minnie et Mickey pour cette soirée. Je refuse de me ridiculiser dans une robe à pois.

— D'accord.

Elle poussa un soupir de soulagement.

— Je savais que tu finirais par partager mon point de vue.

— Tu seras donc Madame Mim. Tu connais le dessin animé *Merlin l'Enchanteur* qui relate l'histoire du prince Arthur ?

— Oui, dit-elle, mais je ne me souviens pas d'un personnage féminin du nom de Madame Mim… Oh non ! Tu ne veux pas parler, j'espère, de cette grosse sorcière qui se dispute sans cesse avec Merlin ?

— Mais si ! Elle n'en fait qu'à sa tête. Tu seras plus vraie que nature.

— Pas question, ce déguisement est affreux !

— Désolé, tu as dit « n'importe quoi sauf Mickey et Minnie »… Nous incarnerons donc Merlin et Madame Mim. Les gosses vont adorer.

— Tu ne comprends pas ! s'écria-t-elle, désespérée. J'ai envie d'être belle et sexy !

— Tu l'es de toute façon, quelle que soit la manière dont tu es habillée ou déguisée, déclara-t-il avec conviction.

Touchée, Brittany ouvrit la bouche sans parvenir à émettre un son. Mitch en profita pour ajouter :

— Je voudrais deux beignets au sucre et un café serré. Par ailleurs, la société caritative Hamilton Père et Fils va prendre en charge le coût de la peinture mais à la condition *sine qua non* que la teinte retenue soit bleue… Je verrais bien un bleu pâle, reposant, facilitant la digestion…

— J'y réfléchirai. Je suis certaine que Farley, lui, m'aurait laissée m'habiller en Scarlett.

Au nom de son rival, Mitch fronça les sourcils.

— Qu'en sais-tu ? lança-t-il.

— Il m'appelle de temps en temps.

— Si Farley avait voulu illustrer sa propre vie, il se serait déguisé en don Juan.

— Le pauvre homme n'a pas un goût très sûr en matière de femmes…

Mitch eut soudain violemment envie de l'étrangler. Comment ne comprenait-elle pas que, au contraire, celles qui accordaient leurs faveurs à cet imbécile de Farley prouvaient de la sorte leur goût déplorable en matière d'hommes ?

Puis il se rendit compte que Brit essayait simplement de le rendre jaloux.

— Abby, je déteste ce costume ! déclara Brit avec un gros soupir. Ne pourrais-tu pas essayer de l'arranger un peu ?

— Moi, il me plaît, murmura Belle.

— Traîtresse, répondit Brit en tirant la langue à sa nièce qui éclata de rire.

Abby lui passa une grande cape noire et un chapeau pointu.

— C'est un très beau déguisement, protesta-t-elle. J'aimerais que Shane puisse l'admirer. Il va revenir d'un moment à l'autre.

Brit refusait que son séduisant beau-frère la voie dans cet accoutrement ridicule. Elle regarda son reflet dans le miroir avec une moue dégoûtée.

— Moi qui ai toujours rêvé d'avoir des formes, me voilà servie ! Avec ces ballons remplis d'eau sur le ventre, je suis monstrueuse. Es-tu de mèche avec Mitch pour me faire passer pour le laideron de la ville ?

— Brittany, souris ! Et tu seras la plus belle !

— Facile à dire ! Depuis mon arrivée à Miracle Harbor, je joue l'histoire de Cendrillon à l'envers. Je suis passée de l'état de princesse à celui de pauvresse. Mes pieds et mes mains sont couverts d'ampoules… Et, à présent, on me demande d'aller à cette fête en sorcière !

— Quelle rabat-joie !

— C'est Mitch qui déteint sur moi

— Tu le vois beaucoup, ces temps-ci, non ?

— Ne commence pas à bâtir un roman ! Il n'est pas plus prêt à me passer la bague au doigt qu'il y a trois semaines ! S'il vient tous les jours à la boulangerie, c'est uniquement pour décourager son rival.

— Son rival ? Pour une fille qui n'est pas près de se marier, tu ne sembles pas manquer de prétendants !

— Farley Houser est un homme distingué qui travaille avec Mitch. Et je suis sûre que lui m'aurait laissée me travestir en Julia Roberts dans *Pretty Woman* !

— Julia Roberts n'est pas du tout ton style !

Sur ces entrefaites, Shane entra. Il venait de courir et resplendissait de charme.

— Papa ! s'écria Belle en se précipitant vers lui.

Il la prit dans ses bras pour la faire sauter en l'air avant d'embrasser sa femme avec tant d'amour que Brit en ressentit une pointe de jalousie.

— Tu trouves que je suis du genre sorcière ? demanda-t-elle à son beau-frère.

— Non, mais on ne va pas à une soirée déguisée pour y être soi-même, répliqua-t-il.

— Tu vois, lança Brit à sa sœur. J'aurais dû incarner Julia Roberts.

— Brit, où est passé ton sens de l'humour ? C'est un superbe costume !

Elle se regarda dans la glace. Dans ce déguisement grotesque, elle se trouvait grosse, petite et drôle…

— Mes rêves ne deviendront jamais réalité, déclara-t-elle avec un gémissement.

96

— Ne dis pas ça ! Si quelqu'un peut rendre le monde entier amoureux d'elle, c'est bien toi. Même habillée en sorcière !

La gorge serrée, elle se força à répondre d'un ton léger.

— Moi ? Rendre le monde entier amoureux de moi ? Bien sûr ! A commencer par Mitch, d'ailleurs ! Je crois que, juste pour l'embêter, je vais finir par épouser Farley.

— Ne fais jamais une bêtise pareille ! répliqua Abby, les sourcils froncés. Tu le regretterais toute ta vie.

La sonnette de l'entrée retentit et Brit poussa un profond soupir.

— Donne-moi mon chapeau pointu et va lui ouvrir.

Mitch était magnifique en Merlin. Dans sa longue tunique bleue parsemée d'étoiles, il avait l'air à la fois puissant et mystérieux.

A la lueur qui s'alluma dans ses yeux lorsqu'il l'aperçut, Brittany rougit de plaisir.

Il la détailla de la tête aux pieds et esquissa un petit sourire avant d'éclater franchement de rire.

— Je n'ai jamais vu de plus beau costume, assura-t-il.

Avant de prendre congé, Brittany remercia sa sœur et lui souhaita bonne nuit.

— Tu embrasseras Belle pour moi, lui dit-elle. Je ne veux pas lui donner de cauchemars.

— Je vois que tu as le caractère qui sied parfaitement au personnage ! remarqua Mitch en l'entraînant vers sa voiture. Féroce, capricieuse, peut-être même un peu dangereuse.

— Tais-toi ou je te transforme en…

— En quoi ? demanda-t-il en riant. J'ai peur !

— En Farley Houser.

Ce simple nom effaça toute trace de bonne humeur sur le visage de Mitch.

Pour lui montrer sa contrariété d'être affublée de cet accoutrement ridicule, Brittany s'imposa un silence total dans la Mercedes.

Ils quittèrent rapidement les quartiers huppés et pittoresques de Miracle Harbor pour atteindre le nord de la ville où Brit ne s'était encore jamais aventurée. A la vue des immeubles délabrés, des terrains vagues remplis de carcasses de voitures, elle ne put réprimer un frisson. Il n'y avait ni arbres ni fleurs dans les rues. L'endroit lui parut sinistre et hostile.

Oubliant son déguisement, elle regarda les maisons aux vitres cassées, aux toits à moitié écroulés. Laurie Rose et Peter vivaient-ils dans ces taudis ?

— Le centre se trouve par ici ? s'enquit-elle lorsqu'il se gara.

Il hocha la tête en lui ouvrant la portière.

— Peut-être n'est-il pas très prudent de laisser ta voiture ici, remarqua-t-elle.

— Elle ne risque rien. Et toi non plus.

Un peu réconfortée, elle le dévisagea. Mitch portait peut-être des costumes élégants et possédait un véhicule de luxe mais, sous cette surface, se dissimulait un homme que les gens respectaient. Elle se sentit soudain plus en sécurité qu'elle ne l'avait jamais été.

— Qu'est-ce que c'est que cela ? demanda-t-elle en désignant un bâtiment à l'abandon.

— C'est l'ancienne conserverie des frères Jones. La ville a longtemps été un port de pêche et on traitait le poisson ici. C'était un travail très pénible. Des horaires éprouvants, le froid… Ma mère y a été ouvrière jusqu'à la fermeture de l'usine. Nous habitions à côté.

— Tu as vécu ici ?

— Jusqu'à l'âge de treize ans.

Brittany ne parvenait pas à associer la masure qu'il lui désignait avec Mitch, si sûr de lui, tellement à l'aise. La maison était minuscule et paraissait en ruine. Visiblement, elle devait être dans cet état de délabrement depuis toujours.

L'air lointain, Mitch la regardait, les yeux mi-clos. Elle comprit d'instinct qu'il ne voulait pas de sa pitié et resta silencieuse.

Soudain, elle se félicita de son déguisement ridicule. S'afficher dans une robe de princesse aurait été une agression pour les jeunes du quartier et Mitch le savait.

— J'ai grandi ici, dit-il, du mauvais côté de la barrière.

C'était la première fois qu'il parlait de lui, qu'il lui confiait son passé. Elle ne sut d'abord pas quoi répondre. Finalement, elle se lança.

— L'important pour moi n'est pas d'où tu viens, mais ce que tu en as fait.

Un homme mal rasé, vêtu d'un T-shirt troué, sortit d'une lugubre bâtisse et les observa avec une froide curiosité. Mitch leva la main pour le saluer de loin. Le type répondit à son salut avant de rentrer chez lui.

Le centre était aussi vétuste que les bâtiments qui l'entouraient. Mais, sur le mur d'enceinte, une grande fresque peinte représentait des fleurs, des papillons, des arbres et un grand soleil. Cette peinture signifiait l'espoir.

— Les gosses l'ont réalisée eux-mêmes, expliqua Mitch en ouvrant le portail.

D'un geste, il l'invita à entrer.

Elle hésita, comme si elle devinait qu'en franchissant ce seuil avec lui, sa vie en serait irrémédiablement et définitivement changée.

Puis elle se jeta à l'eau...

Brittany découvrit une grande salle meublée de plusieurs fauteuils et d'un canapé. Les murs d'un jaune éclatant et les rideaux fleuris aux fenêtres donnaient à l'endroit une atmosphère chaleureuse qui lui fit monter les larmes aux yeux. Elle sentait une force, un esprit… l'espoir.

— Le quartier grouille d'enfants, dit Mitch avec douceur. Leurs parents n'ont pas les moyens de s'acheter une voiture, de leur offrir des vêtements à la mode, ni même le strict nécessaire. Tu entends parfois parler de ces jeunes dans les journaux lorsqu'ils commettent des infractions, se rendent coupables de délits, se droguent, volent, se battent. Ils sont vite pris dans une spirale infernale et s'enfoncent de plus en plus dans la délinquance.

Debout dans cette pièce, Mitch semblait tout à coup différent, moins distant, moins froid. Un feu intérieur l'habitait qui la toucha.

— Plus que tout, ils ont besoin de croire, d'espérer, de se raccrocher à quelque chose, poursuivit-il.

En promenant son regard autour d'elle, Brittany comprit que ces jeunes avaient été fiers d'arranger ce centre avec soin. Leurs rêves et leurs espérances s'étalaient sur les murs et elle eut peur de briser quelque chose d'aussi sacré, d'aussi fragile. Puis elle comprit qu'elle était comme eux. Il lui fallait aussi quelque chose à quoi s'accrocher, à espérer…

Les adolescents commencèrent à arriver. Ils poussèrent les meubles pour faire de la place.

In petto, Brittany remercia Mitch de l'avoir empêchée à temps de s'habiller en princesse. Une telle tenue aurait été déplacée au milieu de ces jeunes. Comment ne lui était-il pas venu à l'esprit qu'ils n'avaient pas les moyens de se déguiser ? se reprocha-t-elle. Ils s'étaient débrouillés pour se travestir avec trois fois rien. Un bandana les transformait en Indiens. Beaucoup de garçons en jean et en T-shirt incarnaient Bruce Willis. Les filles en minijupe étaient toutes des Pretty Woman.

Ils admirèrent son costume de sorcière. Très vite, son chapeau pointu passa de tête en tête.

Une soudaine bouffée de bonheur envahit Brit. Elle ressentait une allégresse que ni son élégant cabriolet, ni ses vêtements à la dernière mode, ni ses soirées branchées ne lui avaient jamais fait éprouver.

— Savez-vous danser le jerk ? demanda-t-elle. Je vais vous montrer. Vous allez adorer.

Mitch la dévisageait, un léger sourire aux lèvres.

Elle devina alors pourquoi il s'était costumé en Merlin.

Parce qu'il était magicien.

Un grand magicien.

Et qu'il l'avait ensorcelée…

101

7.

— Non, non, Weldom. Jette d'abord les bras en l'air, comme ça. Oui ! Voilà ! Ecoute bien la musique pour être dans le rythme !

Weldom, un colosse de dix-sept ans au visage rongé d'acné, dévorait Brittany des yeux avec un air d'adoration. Ses traits durs et froids étaient complètement métamorphosés par la gaieté, remarqua Mitch, stupéfait.

Brit savait vraiment s'amuser. Dans la mêlée, elle avait perdu son grand chapeau pointu mais, en trois heures, elle était parvenue à apprendre à toute la bande à danser le jerk. Même à lui aussi !

Toujours revêtue de son costume de sorcière, elle leur avait également enseigné quelques passes de rock et la polka. En général, les jeunes se méfiaient des gens qu'ils ne connaissaient pas. Au début, médusés, ils l'avaient regardée se déhancher sans complexes sur un rythme endiablé. Son entrain était si contagieux qu'en un clin d'œil, ils se trémoussaient tous à sa suite sur la piste de danse improvisée en tapant dans leurs mains.

Tout comme lui.

Pas moyen d'échapper à son rire, à sa fougue, à son énergie ! Elle avait le sens de la fête et savait le communiquer.

— En avant, en arrière. On lève un bras, puis l'autre, on lance ses jambes sur le côté, on tourne et on recommence ! les encourageait-elle d'une voix essoufflée.

Les adolescents l'imitaient en riant comme des fous.

— Du nerf, Mitch, je te vois te relâcher !

En la regardant, radieuse, pétillante comme une coupe de champagne, Mitch sentit une étrange émotion lui enserrer la poitrine. Le mur qu'il avait bâti autour de son cœur pour le protéger des vicissitudes de la vie commençait à se fissurer sérieusement.

— Je crois, déclara-t-il d'un ton abrupt, qu'il est temps de décerner le prix du plus beau costume. La plupart des enfants doivent rentrer chez eux avant la tombée de la nuit.

Il n'ajouta pas que c'était par décision du tribunal.

— Puis-je être l'arbitre ? demanda Brittany.

— Pourquoi pas ?

S'arrêtant de danser, elle leva les mains pour obtenir le silence.

— A présent, nous allons récompenser le garçon et la fille les mieux déguisés !

Et, intuitivement, elle sut qu'elle devait désigner Bobby McGiven, si maigre et voûté, comme le Bruce Willis le plus réussi et la petite Amanda Potter comme la plus jolie des Pretty Woman, même s'il apparaissait tristement évident qu'il n'en était rien.

La façon dont les jeunes applaudirent à tout rompre les deux lauréats prouva à Brittany, s'il en était besoin, leur générosité. Elle offrit aux gagnants un CD de jerk et de rock. Les yeux brillant de joie et de fierté, ils serrèrent leurs cadeaux contre leur cœur. Manifestement, recevoir un trophée des mains de la reine d'Angleterre ne leur aurait pas fait plus plaisir.

Brittany avait l'art et la manière de transformer l'ordinaire en extraordinaire, constata Mitch.

— Dernier disque avant extinction des feux ! annonça-t-il.

Tous les garçons se précipitèrent vers Brit pour l'inviter.

Il n'allait tout de même pas se ridiculiser devant ces gamins en les repoussant pour prendre la place ! Pourtant, c'est exactement ce qu'il fit.

— Désolé, les gars. Elle m'a promis cette dernière danse, affirma-t-il avec aplomb.

Cette sorcière lui avait jeté un sort. Envoûté, il rêvait de se perdre dans ses yeux. Auprès d'elle, il se sentait plus vivant qu'il ne l'avait jamais été. Elle le faisait vibrer.

Il la serra étroitement contre lui et sourit en reconnaissant les premiers accords du *Titanic* que les filles avaient choisi pour finir la soirée. Cette chanson d'amour le submergea de passion, de tendresse et de désir. Bouleversé, il l'étreignit plus fort…

Malmenés, les ballons remplis d'eau qui grossissaient artificiellement la jeune femme éclatèrent alors, les trempant de la tête aux pieds, à la grande joie des gamins.

Avec un haussement d'épaules, Brittany se plaqua plus étroitement contre lui.

— Cela n'a pas d'importance, dit-elle. Qu'est-ce qu'un peu d'eau entre nous ?

Une heure plus tard, quand la petite bande fut partie après avoir tout remis en ordre, alors qu'il fermait la porte à clé, Mitch comprit qu'il n'avait pas envie de la reconduire chez elle. Pas tout de suite.

— Veux-tu aller prendre un verre quelque part ? demanda-t-il en lui ouvrant la portière de la voiture.

— Non.

— D'accord.

Ainsi, elle le rejetait. Elle préférait rentrer chez elle. Cela lui apprendrait à laisser parler son cœur.

Colmate ton mur, mon vieux, et vite ! se dit-il.

— Mitch ! Ne peux-tu pas me proposer un compromis ?

— Pardon ?

Elle poussa un gros soupir.

— Prendre un verre habillée en sorcière et trempée comme une soupe n'est pas très confortable, mais…

Soulagé, il se mit à rire, songeant qu'avec toutes ces pensées concernant la maçonnerie, il pourrait bientôt se reconvertir dans le bâtiment.

— Où aimerais-tu aller, Madame Mim ?

Elle contemplait la nuit étoilée à travers la vitre.

— Connais-tu une petite plage tranquille dans le coin ? Nous pourrions regarder les étoiles au son du ressac.

— Il y a beaucoup de nuages. On ne verra rien.

Il aurait voulu se battre. Pourquoi était-il si ambigu ? Il mourait d'envie d'être avec elle et, en même temps, le redoutait.

Néanmoins, il crut exploser de bonheur quand elle répliqua :

— Ce n'est pas grave, s'il fait sombre. J'ai simplement envie d'être avec toi sur le sable, la nuit.

Sans hésiter, il décida de l'emmener à la petite crique près de chez lui. Sur la route, il se creusa la cervelle pour trouver un sujet de conversation neutre.

— Les gosses se sont bien amusés, Brit.

— Oui. Moi aussi. Et toi ?

Il ne se souvenait pas avoir tant ri de sa vie. Ce soir, il s'était donné le droit de se laisser aller, de se conduire comme un idiot.

— Ça allait, dit-il, minimisant délibérément le plaisir qu'il avait éprouvé. Il est rare que ces fêtes remportent autant de succès.

— Vraiment ? Pourquoi ?

— Généralement, ce ne sont pas des soirées déguisées, il n'y a ni jerk, ni polka… Ni toi. Les jeunes traînent d'un pied sur l'autre en se regardant en chiens de faïence. Ceux qui sont en couple essaient de s'isoler, ce qui m'oblige à les débusquer et à jouer pour de bon le rôle de chaperon grincheux.

— Toi, grincheux ?

— Difficile à croire, n'est-ce pas ? répondit-il avec ironie. Elle sourit.

— Grincheux ou pas, ils t'adorent, c'est évident.

— Le terme est peut-être un peu fort.

Ils arrivaient et il se gara sur un petit parking, désert à cette heure-ci. Sa maison était en face, mais il ne lui dit pas.

— Non, protesta-t-elle. Ils t'adorent, je pèse mes mots. Tu es le héros de ma petite Laurie Rose.

— Ta petite Laurie Rose…, répéta-t-il, souriant à la tendresse qui perçait dans la voix de Brit en évoquant sa protégée. Tu lui fais beaucoup de bien. Elle est méconnaissable depuis qu'elle t'aide à la boulangerie, souriante, charmante… Elle a pris de l'assurance, elle a embelli…

— Grâce à son maquillage ! Une fille doit apprendre à se mettre en valeur.

Mitch se demanda soudain si Brittany, tout comme lui, ne se protégeait pas derrière une carapace. Il savait très bien que la métamorphose de Laurie Rose n'avait rien à voir avec son maquillage. La jeune fille s'était épanouie parce que quelqu'un se souciait d'elle.

Il sortit de la voiture et vint lui ouvrir la portière. Même en sorcière, elle était ravissante. Elle lui prit le bras.

— Mitch, j'aime vraiment beaucoup ces adolescents, mais je n'ai plus très envie de discuter d'eux ce soir.

— De quoi as-tu envie de parler ?

— De toi.

— De moi ?

— Du gamin que tu étais, celui qui volait des Mobylette…

— Pourquoi ?

— Tu ne le sais pas ? Les filles adorent les mauvais garçons !

— Elles ont tort, dit-il sourdement.

Mais il avait enregistré le mot « adorent » et s'en délectait. Il se répéta que Brit avait un sens de l'exagération très prononcé et que ce terme ne voulait sans doute rien dire pour elle.

Sur la plage, elle promena les yeux aux alentours et découvrit sa petite demeure en haut de la falaise. Il avait laissé de la lumière en partant.

— Mitch, tu as vu cette maison ? Je n'en ai jamais vu d'aussi belle.

En pleine journée, elle aurait sûrement remarqué que les murs avaient grand besoin d'être ravalés mais, à cette heure de la nuit, la vieille bâtisse de pierre, éclairée de l'intérieur, semblait en effet magnifique.

Sans attendre sa réponse, elle s'assit sur le sable.

Il se laissa tomber à son côté. En la sentant frissonner contre lui, il se rappela qu'elle était trempée. Peut-être pourrait-il lui proposer de monter se changer chez lui ? A la pensée de la faire entrer dans son univers, son cœur bondit de joie anticipée.

Cela dit, il savait que dès qu'elle franchirait la porte, il n'aurait qu'une envie : l'entraîner jusqu'à sa chambre. Et ce ne serait pas une bonne idée.

Aussi, retirant son costume de Merlin, il lui en drapa les épaules. Il ne portait qu'un jean en dessous et ne put s'empêcher de bomber le torse dans l'espoir de lui faire admirer sa musculature.

Puis il lui raconta son enfance, lui parla de ses frères et sœur, de sa mère — l'ivrogne de la ville. Il lui confia ce qu'il n'avait jamais dit à personne. Brittany l'écoutait avec attention, serrant très fort sa main dans la sienne pour lui faire sentir qu'elle comprenait.

— Voilà pourquoi je te parais si souvent rabat-joie, conclut-il. J'aime tout maîtriser parce que j'ai grandi dans un environnement où rien ne l'était. Mais au fond de moi est toujours tapi un petit voyou, même si j'ai une peur mortelle de le laisser s'exprimer.

— Vraiment ? Pourquoi ? Qu'arriverait-il, à ton avis ?

Je t'embrasserais jusqu'à mon dernier souffle, songea Mitch.

— Je n'en sais rien, répondit-il évasivement.

— Tu crois que tu pourrais alors voler une voiture, attaquer une banque ou tuer une vieille dame ?

— Non, mais peut-être ferais-je quelque chose de fou que je regretterais jusqu'à la fin de mes jours.

— C'est drôle, mais je ne vois pas du tout les choses comme ça. Ton côté rebelle, révolté, t'a toujours aidé à survivre, à t'en sortir.

Bouleversé, il se rendit compte qu'elle devinait une vérité profonde, un aspect de sa personnalité que la plupart des gens qui le connaissaient avaient manqué.

— Moi aussi, Mitch, j'ai une tendance à l'insoumission, à la rébellion, qui me pousse à n'en faire qu'à ma tête, à conduire trop vite, à n'être jamais fatiguée de faire la fête. Quoique ces dernières semaines aient considérablement épuisé mes forces !

Il sourit.

— Cela ne se remarquait pas, ce soir…

— Je me suis toujours demandé si ma révolte n'était pas une réaction à mes parents adoptifs. Je ne me suis jamais sentie pleinement aimée, ni acceptée, poursuivit-elle. J'ai toujours eu cet étrange besoin de prouver quelque chose.

— C'est ce que tu ressens ? Tu as l'impression de ne pas être assez bien ?

Comme lui… Enfant, il se demandait pourquoi Jordan et Hélène lui témoignaient autant d'affection et redoutait toujours qu'ils ne découvrent le minable qu'il était en réalité…

— Ne te méprends pas sur mes paroles, dit-elle avec douceur. Mes parents ont fait de leur mieux, mais ils ne savaient pas très bien comment s'y prendre avec moi. Ils avaient envie de se promener avec une jolie fillette habillée de petites robes à smocks. Ils voulaient m'aimer, je le crois vraiment, mais personne ne leur avait appris à le faire. Je ne veux pas critiquer ceux qui m'ont évité de passer mon enfance derrière les murs d'un orphelinat. C'est la première fois que je parle de tout cela avec quelqu'un. Ce doit être l'ambiance de cette plage qui me pousse à m'épancher… Il vaut mieux que je m'arrête…

— Non, continue, murmura-t-il.

Il avait vraiment envie qu'elle lui ouvre son cœur.

— Tu vois, Mitch, ce qui m'a toujours manqué, c'est l'amour de ma mère, de ma véritable mère. Personne n'a pu la remplacer. C'est une terrible douleur, même si le fait d'avoir retrouvé mes sœurs m'aide un peu à la supporter.

Derrière la femme pétillante dont elle donnait l'image, Mitch devinait la petite fille qui aurait voulu pouvoir pleurer dans des bras maternels, être câlinée quand elle avait peur, être bercée…

Mais il se contenta de dire d'une voix douce :

— Je comprends très bien ce que tu éprouves.

— Je dois cesser d'être cette gamine incomprise et me comporter un peu plus comme une adulte. Mais toi, tu devrais laisser parler ton côté rebelle plus souvent. Il t'a aidé à survivre dans le passé et il sait probablement encore ce dont tu as besoin.

— J'en doute…

— Pourquoi ? Que veut-il maintenant, par exemple ?

— Prendre un bain de minuit avec toi, s'entendit-il dire.

Elle lui sourit.

— Je savais bien que ton côté mauvais garçon me plairait.

Médusé, il la vit enlever prestement son costume de sorcière et se précipiter vers la mer, petite silhouette blanche dans l'obscurité.

Etait-elle donc totalement inconsciente ?

Elle plongea dans l'eau, et il devina son visage dans les vagues, malgré la pénombre.

— Mitch, cria-t-elle. Viens ! Elle est bonne ! De quoi as-tu peur ? Ce n'est qu'un bain de minuit !

Il n'avait pas besoin d'encouragement supplémentaire.

Parcouru d'un frémissement sauvage, il retira son jean et s'enfonça dans l'océan. Lorsqu'il émergea à quelques mètres d'elle, elle lui envoya un jet d'écume dans les yeux et s'éloigna d'une brasse souple. Dès qu'il se rapprochait, elle plongeait sous les vagues pour réapparaître un peu plus loin en riant.

A la fin, exténuée, elle se laissa aller sur le dos. Il contempla la beauté de son corps pâle sous le clair de lune. Elle ressemblait à une sirène avec ses cheveux blonds flottant autour d'elle et il écarta avec douceur une mèche de son visage.

— Ton côté rebelle est-il satisfait, Mitch ?

— Plus que satisfait… Il explose de bonheur.

Elle se mit à rire.

Incapable de résister plus longtemps, il prit sa bouche. Ses lèvres avaient un goût salé, rempli de promesses. Il glissa ses mains jusqu'à la taille de la jeune femme et la serra contre lui. Sa peau était incroyablement douce et chaude sous ses doigts…

Il remarqua tout à coup que Brittany ne semblait plus aussi assurée. Peut-être prenait-elle conscience d'être allée un peu trop loin et comptait-elle sur lui pour faire ce qu'il convenait de faire.

Avec effort, il la lâcha et lui aspergea le visage.

Alors qu'elle l'éclaboussait à son tour, ils aperçurent une lumière sur la plage.

110

— Que se passe-t-il ? demanda Brit.

— Les flics !

— Seigneur !

Lorsqu'un faisceau lumineux tomba sur elle, elle s'immergea complètement pour lui échapper.

— Cette plage est interdite au public après 22 heures ! cria une voix.

Mitch sentit Brittany remonter à la surface derrière lui et tenta de ne pas penser à ses seins nus collés à son dos.

Le policier éclaira soudain son visage.

— Monsieur Hamilton ?

— Oui.

Aussitôt, l'homme écarta sa torche.

— Désolé de cette intrusion. Nous avons trouvé un tas de vêtements sur le sable, des habits de magicien, de sorcière… Sans doute appartiennent-ils à des gosses amateurs de magie noire. Nous allons essayer de les rattraper avant qu'ils n'aient l'idée d'aller faire des bêtises chez vous.

Brittany riait dans son cou.

Mitch frissonnait. Dès que les policiers eurent quitté les lieux, il sortit de l'eau, la jeune femme sur ses talons. Elle aussi claquait des dents.

— Pourquoi ne m'as-tu pas dit que c'était ta maison ?

— Viens, ordonna-t-il sans répondre à sa question. Courons jusque chez moi.

— Je ne vais pas me montrer nue devant toi ! Tu es fou !

— Il est un peu tard pour t'en préoccuper, non ?

— Un bain de minuit est une chose ; me promener en tenue d'Eve en est une autre, répliqua-t-elle avec candeur.

Les yeux au ciel, Mitch comprit que s'ils commençaient à en discuter, ils seraient morts de froid avant d'avoir résolu la question.

— Les policiers ont emporté nos vêtements, je te le rappelle. Que proposes-tu ?

— Rentre vite chez toi et rapporte-moi de quoi me couvrir.

— Je savais bien que ce bain de minuit n'était pas une bonne idée…

— Ne dis pas cela, Mitch. C'est le genre d'histoire que nous raconterons un jour à nos petits-enfants.

— Ce qui suppose que nous aurons fait des enfants ensemble au préalable, non ?

— Je vois que le juriste a repris le devant de la scène. Je préfère ton côté mauvais garçon.

— Tu as tort, murmura-t-il avant de s'enfoncer dans la nuit.

Brittany l'attendit, sautillant d'un pied sur l'autre pour tenter de se réchauffer. Elle aurait dû penser au froid qui la faisait grelotter, mais son esprit était hanté par le souvenir du corps parfait de Mitch.

Pourquoi la simple vue de cet homme lui faisait-elle perdre la tête ? Elle ne pouvait même pas mettre cela sur le compte d'un abus de champagne, ce soir !

La manière dont il l'avait regardée toute la soirée la faisait fondre. Comme sa façon de repousser sa cour d'admirateurs pour la dernière danse… Et quand il lui avait demandé si elle voulait aller prendre un verre, elle s'était presque évanouie de bonheur.

Décidément, elle perdait tous ses moyens devant lui ! En même temps, elle avait l'impression que, lorsqu'ils étaient ensemble, le monde entier leur appartenait.

En revanche, ce bain de minuit n'avait pas été une très bonne idée. Un peu trop érotique, peut-être. Elle s'était sentie à deux doigts de s'abandonner, de dépasser la zone interdite qui, une fois franchie, ne permettait plus de revenir en arrière.

De plus, maintenant, Mitch allait sûrement la prendre pour une fille légère habituée à se conduire ainsi. En réalité, elle était moins fofolle qu'elle voulait le faire croire… En tout cas, elle ne s'était jamais retrouvée auprès d'un homme nu auparavant.

L'arrivée inopinée des policiers l'avait sauvée ; elle n'était pas prête à passer à l'étape suivante.

Brutalement, elle se rendit compte qu'elle ne s'était jamais interrogée sur la véritable signification du mariage. Depuis des semaines, elle passait beaucoup de temps à cogiter, à chercher comment prendre Mitch dans ses filets… pour éviter de penser à l'intimité qu'ils partageraient s'ils devenaient mari et femme. Elle avait voulu se persuader qu'il s'agissait d'un détail sans importance, mais elle venait de voir de trop près le corps de Mitch pour douter encore de leur mutuelle attirance.

Des serviettes sous le bras, il redescendait vers la plage. Il avait mis un short, mais sa peau était encore parsemée de gouttes d'eau et ses cheveux dégoulinaient sur son visage.

En le regardant, elle sentit sa bouche devenir sèche. Mitch était magnifique et resplendissait de virilité sous le clair de lune.

— Où es-tu, Brit ?

— Ferme les yeux.

— Ne sois pas ridicule !

— Ferme les yeux ou je refuse de bouger.

Avec un gros soupir, il baissa les paupières. Elle lui prit une serviette des mains et s'en enveloppa.

Il tourna autour d'elle en sifflotant. A la lueur malicieuse qui brillait dans ses yeux, Brit se sentit fondre.

— Viens, dit-il. Je vais nous préparer un grand bol de chocolat chaud.

Comme il lui enlaçait les épaules, elle se pelotonna contre lui. Elle était curieuse de découvrir sa maison, la manière dont il l'avait meublée, de connaître, en pénétrant dans son univers, ses petits morceaux de vie, ses petits secrets… Elle avait envie d'être dans ses bras, de sentir son regard brillant sur elle, d'entendre son cœur battre au rythme du sien, de l'écouter rire, de goûter de nouveau la saveur de ses lèvres.

Soudain, elle prit conscience qu'il lui arrivait la chose la plus stupide au monde. Plus stupide encore que de mettre de la peinture rose dans ses cheveux, ou de l'entraîner dans un bain de minuit !

Elle était tombée amoureuse de Mitch Hamilton.

Serrant la serviette contre elle, elle comprit qu'il ne fallait pas aller chez lui. Plus maintenant qu'elle savait. Pouvait-elle le supplier de l'aimer ?

— Je voudrais que tu me reconduises chez moi, murmura-t-elle.

— Laisse-moi au moins te prêter des vêtements !

Devinant la déception de Mitch, elle se raidit pour ne pas s'en émouvoir.

— C'est inutile, je t'assure. Pouvons-nous rejoindre directement ta voiture ?

Lorsqu'il planta son regard dans le sien, elle y lut tant d'incompréhension et de tristesse qu'elle détourna la tête.

— Brittany, qu'est-ce que j'ai fait ?

Ce qu'il avait fait ? Il avait ri, dansé avec elle, s'était confié à elle, avait joué au dauphin avec elle…

— Rien, Mitch, dit-elle doucement.

Et c'était vrai. Il n'avait rien fait. Même pas l'effort de tomber fou amoureux d'elle.

Sans un mot, il lui ouvrit la portière de la Mercedes.

Quelques instants plus tard, il la déposa devant la boulangerie. D'une voix hésitante, il murmura :

— J'ai vraiment passé une très bonne soirée, Brit.

— Moi aussi.

— Tu voudras recommencer une autre fois ?

Recommencer quoi ? La fête avec les adolescents du centre ?
Le bain de minuit ? Tomber amoureuse ?

— Je ne sais pas. J'y réfléchirai.

Elle ne pouvait en dire plus.

Resserrant sa serviette autour d'elle, elle se dirigea vers son
immeuble.

8.

Mitch croisa les mains derrière sa tête et fixa le plafond. Incapable de trouver le sommeil, il ne cessait de repenser à ce bain de minuit avec Brittany. Il avait eu envie de l'embrasser jusqu'à ce que l'océan les engloutisse, de la prendre dans ses bras pour l'emporter jusque chez lui, jusqu'à sa chambre. Toute mouillée et tremblante, il l'aurait déposée sur son lit…

Etouffant un gémissement, il regarda son réveil. 3 heures du matin.

Heureusement, on était dimanche et il n'aurait pas à aller travailler. Mais rien ne laissait présager qu'il dormirait mieux la nuit prochaine…

D'un mouvement brusque, il rejeta ses couvertures et se leva pour sortir sur la terrasse.

L'air frais de la nuit mordit sa peau brûlante. Calme, la mer s'étendait à perte de vue. Il savait qu'il ne pourrait plus la regarder sans voir Brittany nager nue dans les vagues, sans se torturer les méninges pour comprendre pourquoi elle était partie, ce qu'il avait dit ou fait de mal.

A maintes reprises, auparavant, il s'était montré dur, voire injuste à son égard. Il avait été grossier, moralisateur, désapprobateur. Pourtant cela ne l'avait pas fuir. Alors pourquoi, après cette merveilleuse soirée à rire et à danser, s'était-elle enfuie comme si le diable en personne la poursuivait ?

Qui aurait pu deviner une telle sensibilité ?

Il regretta de n'avoir pas de chien pour lui tenir compagnie. Cela lui aurait fourni un alibi pour se promener sur la plage à cette heure-ci.

Avec un soupir, il décida d'aller faire un tour et regagna sa chambre pour mettre un jean et un vieux pull. Par habitude, il empocha son téléphone portable. Il avait envie de marcher, d'épuiser son corps et son esprit afin de ne plus penser à rien. Intuitivement, il savait que l'aube poindrait à l'horizon avant qu'il ne trouve le courage de retourner dans sa maison vide, dans son lit vide et sa vie tout aussi vide pour essayer de dormir. Demain, peut-être, essaierait-il de trouver un compagnon à quatre pattes pour tenter de combler la vacuité de son existence.

Il longea l'océan jusqu'à ce que ses muscles lui fassent mal et que son cerveau sature de fatigue. A force d'avancer, il arriva devant la rue principale qui donnait sur la mer. La ville dormait encore. Sans savoir comment, ses pas le dirigèrent vers le centre. C'est alors qu'il passa devant la vitrine d'un bijoutier et vit la bague.

Eclairée par un rayon de lune, elle brillait de mille feux et lui fit irrationnellement songer à Brittany et à lui. Le feu et la glace…

Le bijou était très simple, mais cette sobriété même lui donnait toute sa beauté. Il s'agissait d'un solitaire monté sur un anneau d'or. Mitch avait l'impression que cette pierre contenait un feu qui lançait des flammes aussi bleues que les yeux de Brit.

Soudain, il eut la vision de ce diamant sur le doigt de la jeune femme et un frisson le parcourut. Qu'il avait envie de le lui offrir !

Il tenta de se ressaisir. N'avait-il pas fait assez de mal comme cela depuis vingt-quatre heures ? Les paroles de Brittany lui revinrent alors en mémoire.

Ton côté rebelle t'a aidé à survivre dans le passé. Il sait probablement encore ce dont tu as besoin.

Ce dernier mot possédait une connotation négative, pour Mitch. Avoir besoin de quelque chose signifiait donner aux autres un pouvoir sur vous et prendre alors le risque d'être déçu.

Mais peut-être était-il prêt, à présent, à dépasser cette conviction, à accéder à une certaine maturité.

Choisir de n'être pas seul n'était peut-être pas un signe de faiblesse, mais peut-être simplement de normalité.

Comme si ce terme pouvait être associé à une fille telle que Brittany !

Troublé de la confusion de son esprit, lui qui était tellement habitué à avoir des idées claires et rationnelles, Mitch se détourna de la vitrine et poursuivit sa route. Un peu plus loin, il s'arrêta devant une animalerie. Des cockers dormaient dans un panier. Il en repéra un, assoupi entre les pattes de ses frères et sœurs. Quand il frappa sur la vitre, le chiot ouvrit un œil et le regarda en remuant doucement la queue. Pas de doute, ce chien ferait un merveilleux compagnon.

Il se promit de l'acheter dès l'ouverture du magasin, lundi. Oubliée, la bague, oublié le bain de minuit, oubliés les yeux bleus de Brittany !

Il venait juste de décider de rentrer chez lui pour aller se reposer un peu lorsque son téléphone portable vibra. Cette sonnerie le remplit d'effroi. A cette heure-ci, elle ne pouvait annoncer qu'une mauvaise nouvelle. Un des gosses devait avoir des ennuis…

Quand il prit l'appel, son cœur se déchira en reconnaissant la voix au bout du fil. Bien sûr, il ne laissa rien paraître de son émotion. Il devait se montrer solide et calme en toutes circonstances.

— Laurie Rose ? Parle moins vite, ma grande. Que se passe-t-il ? Cesse de pleurer. Respire à fond. Encore une fois. Je t'écoute.

Comme la jeune fille lui expliquait ce qui venait de lui arriver, une vague de découragement submergea Mitch. Il comprit soudain qu'il ne pouvait plus continuer à porter seul tous ces soucis, qu'il ne le voulait plus. Néanmoins, il s'interdit de laisser percer la moindre lassitude dans ses réponses.

Au moins trouverait-elle un peu de réconfort en pensant qu'il maîtrisait la situation.

— J'arrive.

— Pardon de vous avoir réveillé…

La capacité de Laurie Rose de penser à autrui en ce moment précis l'émerveilla.

— Ne t'en fais pas. Je ne dormais pas et je suis tout près.

Il raccrocha, prit une profonde inspiration en levant les yeux au ciel pour demander un miracle à Dieu puis se dirigea vers le commissariat.

Brittany donna un grand coup dans son oreiller. Il était beaucoup trop mou, ce qui l'empêchait de dormir. Dès demain, elle irait en acheter un autre et ne passerait plus de nuits blanches.

Elle était certaine qu'elle se tournait et se retournait dans son lit sans pouvoir dormir à cause de cette literie de malheur ! Et pas du tout parce qu'elle était tombée amoureuse de Mitch… Elle le revoyait nu, plongeant dans l'eau. Il possédait un corps absolument parfait. Elle aurait aimé goûter sa peau salée…

Cette idée hantait son esprit. Elle s'assoupissait enfin lorsque le téléphone sonna. 7h30 ! Qui avait le culot de l'appeler à une heure pareille un dimanche matin ?

Sans doute ce cow-boy débile qui la prenait pour une pouliche et voulait l'attraper au lasso ! Elle allait le laisser enregistrer un énième message sur son répondeur ; cela le découragerait peut-être.

Mais si c'était Abby ? Ou Corrine ?

Ou Mitch…

Elle décrocha l'appareil.

— Brit ?

En reconnaissant Mitch, son cœur bondit de joie mais, au ton de sa voix, elle comprit qu'une catastrophe s'était produite.

Il ne voulait plus jamais la revoir. Il ne supportait pas son attitude puérile de la nuit dernière. Il…

— Je suis désolé de te réveiller. Je viens seulement de me rendre compte de l'heure.

— Que se passe-t-il ?

— Laurie m'a demandé de te prévenir. Elle m'a dit que tu l'attendais aujourd'hui.

— Oui, elle doit passer m'aider à lessiver les murs de la boulangerie que ses copains vont bientôt repeindre.

Elle s'en voulut de se sentir soulagée qu'il appelle à propos de Laurie Rose et non pour mettre un point final à leur relation.

— Il lui est arrivé quelque chose ?

— Elle a été arrêtée cette nuit, à bord d'une voiture volée.

— Mon Dieu ! Où est-elle ?

— Derrière les barreaux du commissariat. Elle sera sans doute transférée dans l'après-midi.

Brit perçut la profonde tristesse de Mitch et son découragement.

Il avait besoin d'elle.

— Mitch, tu veux venir ? As-tu besoin de…

Elle faillit dire « d'une épaule pour pleurer » mais se retint à temps.

— As-tu besoin d'en parler ?

— Oui, reconnut-il.

Après avoir mis en route la cafetière, elle s'habilla rapidement, sans même penser à se coiffer. Elle s'inquiétait pour Laurie Rose et souffrait pour Mitch.

Lorsqu'elle lui ouvrit la porte, elle remarqua tout de suite son air exténué. De larges cernes marquaient son visage, il courbait le dos et n'était pas rasé.

Il venait manifestement de livrer une rude bataille.

Elle eut soudain envie d'être le repos du guerrier, de prendre sa main dans la sienne, d'embrasser sa paume, de la porter à ses joues. Puis elle l'allongerait sur le canapé, passerait ses doigts sur ses yeux fatigués, poserait ses lèvres sur les siennes pour lui insuffler de la force…

Mais elle se contenta de demander :

— Tu veux une tasse de café ?

— Non, je…

— Entre.

Il s'écroula sur le canapé et ferma les paupières.

— Je suis désolé, murmura-t-il. Je n'ai pas dormi.

— Depuis que je t'ai laissé hier soir ?

Quand il acquiesça, elle s'installa à côté de lui. Après une seconde d'hésitation, elle attira sa tête sur son épaule et caressa ses cheveux bruns.

— Je sais que tu n'as pas le droit de tout me répéter, qu'elle est mineure et que la loi la protège, mais dis-moi ce que tu peux.

Un faible sourire sur les lèvres, il ouvrit un œil.

— C'est elle qui m'a demandé de te raconter. Elle pensait que tu te ferais du souci pour elle.

Lentement, la gorge serrée par l'émotion, il commença son récit.

— Après la fête, Laurie est tombée sur un garçon dont elle est folle amoureuse depuis toujours. Il lui a proposé d'aller faire un tour en voiture et, bien sûr, elle était tout émoustillée à l'idée de se retrouver pour un moment avec son héros. Il n'avait jamais fait attention à elle auparavant.

— Je n'aurais jamais dû l'encourager à changer de coiffure ! s'exclama Brit, désolée. Il aurait alors continué son chemin sans lui prêter la moindre attention.

— Lorsqu'il lui a offert une bière, elle n'a pas voulu passer pour une oie blanche et l'a acceptée.

— Laurie Rose ! s'écria Brit, comme si la jeune fille se trouvait en face d'elle.

— Elle n'a pas osé dire non plus qu'elle devait être rentrée avant la nuit. Quant au garçon, il s'est bien gardé de lui avouer qu'il venait de voler le véhicule.

— Seigneur !

— Ni qu'il était en liberté sous caution…

— Mais que peut-elle bien trouver à ce type ?

— Tu devrais pourtant le savoir, répondit-il avec un sourire fatigué. Les filles adorent les mauvais garçons.

— Au lieu de lui apprendre à se maquiller, j'aurais mieux fait de lui enseigner quelques réalités de la vie. Décidément, je n'ai rien dans le crâne !

— Ce n'est pas ta faute. C'est moi le seul responsable. Je n'ai pas su m'occuper correctement d'elle.

— Ne dis pas de bêtises. Que va-t-il lui arriver, à présent ?

— Elle va devoir s'expliquer devant un juge pour enfants. Pour avoir transgressé le couvre-feu, sans parler de la bière, du voyou et de la voiture volée… Elle restera en détention provisoire jusqu'à cette entrevue.

— Que peux-tu faire pour elle ?

— Pas autant que tu l'espères et que je l'aimerais. Même si elle ne savait pas que ce véhicule était « emprunté »…

— Et je suis certaine qu'elle l'ignorait ! le coupa Brit avec force.

— …les deux autres chefs d'accusation sont graves, d'autant que son casier judiciaire est loin d'être vierge…

— Pourquoi n'a-t-elle pas le droit de rentrer chez elle en attendant de voir le juge ?

— Brit, si elle sortait d'une famille digne de ce nom, si ses parents étaient véritablement responsables, peut-être cette solution serait-elle envisageable. Mais ce n'est pas le cas.

— Comment se passe la détention pour mineures ? s'enquit Brit d'une voix tremblante.

Il lui embrassa le haut du crâne.

— Sans doute plus agréablement que la vie chez elle.

— Oh ! Mitch !

— Je sais, murmura-t-il.

Et il s'endormit.

La pensée qu'il soit venu épancher son cœur trop lourd sur son épaule emplit Brittany de bonheur.

Il était temps de redemander à Mitch s'il voulait l'épouser. Plus rien ne le retenait, à présent. Qu'il s'en rende compte ou pas, il avait besoin d'elle.

Laurie Rose aussi.

Et personne, jamais encore, n'avait eu besoin d'elle. Alors, elle n'allait pas les laisser tomber.

Prenant garde à ne pas l'éveiller, elle l'allongea sur le canapé et le recouvrit d'une couverture.

Elle regarda son visage, détendu dans le sommeil. Qu'il était beau ! Elle l'aimait tant que son cœur lui paraissait sur le point d'exploser.

Lorsque, beaucoup plus tard, Mitch ouvrit un œil, il avait l'air désorienté et distant. Il n'avait plus rien de l'homme qu'il était quelques heures plus tôt. S'il aurait été facile à Brittany de lui parler mariage quand il avait débarqué chez elle, épuisé, à l'aube, elle fut incapable d'aborder la question en le voyant bondir du canapé pour s'en aller au plus vite.

Heureusement, elle devait passer chez Abby pour un nouvel essayage. Cette somptueuse tenue de mariée consoliderait ses sentiments et sa détermination.

La robe attendait sagement sur le mannequin et Brit se laissa choir sur le canapé de sa sœur.

— Qu'est-ce qui ne va pas ? s'enquit Abby.

Abby possédait-elle un don de double vue ? s'interrogea Brit. Elle détectait infailliblement ses états d'âme comme personne. Sauf peut-être Mitch.

La maison de sa sœur semblait plus silencieuse qu'à l'accoutumée. Belle faisait la sieste et Shane travaillait ; aussi Brittany put-elle lui raconter l'histoire de Laurie Rose emprisonnée. Mais elle garda pour elle son secret, l'amour qu'elle éprouvait pour Mitch.

— Pauvre gosse ! murmura Abby. Ne pleure pas, Brit. Mitch fait sûrement de son mieux pour l'aider.

— Il manque d'imagination, riposta Brit.

Et il ne trouvera jamais tout seul le moyen de sortir Laurie Rose de là, songea-t-elle. Jamais.

— Abby, quel dîner servirais-tu à quelqu'un que tu veux impressionner ?

— Quel rapport avec cette fille en prison et avec Mitch ? demanda Abby, déroutée.

— Euh… aucun.

Elle répugnait à avouer à sa sœur qu'elle avait l'intention de mettre en pratique le vieil adage selon lequel un homme était prêt à tout accepter après s'être régalé l'estomac.

Puisque ses armes de séduction habituelles restaient sans effet sur Mitch, elle allait se battre avec d'autres moyens…

Abby, notoirement connue pour ses talents de cordon-bleu, pouvait sans doute la conseiller en la matière.

— Est-ce une question théorique ? s'enquit cette dernière, pleine d'espoir.

— Bien sûr.

— Parce que mettre les petits plats dans les grands n'est ni nécessaire ni suffisant…

— Cela n'a pas d'importance. Réponds-moi. Que cuisinerais-tu ?

— Des homards servis avec des champignons. Des asperges en entrée et pour le dessert…

— Inutile de se préoccuper du dessert ! J'ai des gâteaux pour un régiment dans ma boulangerie.

— Je croyais que ta question était purement théorique ?

— Elle l'est !

— Tant mieux parce que, sans un minimum d'expérience, mieux vaut ne pas se lancer dans la cuisine gastronomique.

— Ne t'inquiète pas. J'ai besoin de me surpasser, toujours ; c'est ma façon de fonctionner.

— Mais pourquoi ?

— Je n'en ai aucune idée.

Pourtant, le surlendemain, en regardant les homards remuer dans l'évier, les pinces attachées, Brittany se rendit compte qu'elle n'arriverait jamais à les jeter dans l'eau bouillante. Le désordre qui régnait dans la pièce était indescriptible. Des épluchures d'asperges jonchaient la table, des traînées de farine blanchissaient le carrelage. Les champignons avaient carbonisé dans la poêle et une odeur de brûlé flottait dans l'appartement. Elle se demandait avec quoi elle allait accompagner les homards lorsque la sonnette de l'entrée retentit.

Seigneur ! Mitch attendait à la porte et elle ne s'était pas encore changée ! Elle n'avait même pas pris le temps de se recoiffer !

— Un instant ! cria-t-elle.

Pourquoi rien me marchait-il jamais comme prévu avec Mitch Hamilton ?

En soupirant, elle alla ouvrir.

Il avait apporté des roses. Pour elle !

Il s'avança et essuya tendrement la joue tachée de farine de la jeune femme.

— Tu cuisines ?

— Pourquoi cette expression de surprise ? Je t'ai invité à dîner, non ?

— Tu n'as pas l'air d'être du genre cordon-bleu…

Un mauvais point pour elle ! se dit-elle. Les hommes, c'est bien connu, épousent les filles capables de leur servir de bons petits plats.

— J'ai l'air de quel genre ?

Il la regarda pensivement avant de déclarer.

— Le genre à consulter les Pages Jaunes… qui invite quelqu'un à dîner et appelle le traiteur.

Malgré son ton badin, il ne pouvait dissimuler ses traits tirés de fatigue ni les larges cernes qui soulignaient ses yeux.

— Il y a du nouveau, pour Laurie Rose ? s'enquit-elle.

— Je m'en occupe.

Elle lui prit les fleurs des mains et plongea son visage dedans.

— Je vais les mettre dans un vase. Veux-tu boire quelque chose ?

— Un soda, s'il te plaît.

Il la suivit dans la cuisine.

— Woaouh ! s'écria-t-il en découvrant le chantier.

Avec un sourire en coin, elle lui tendit les Pages Jaunes.

— A toi de choisir, dit-elle. Pizza ou chinoiserie.

— Nous n'allons pas manger ce que tu as préparé ? demanda-t-il en désignant les plats sur la cuisinière.

— Si tu tiens à la vie, mieux vaut éviter…

Elle s'approcha de l'évier pour remplir son vase. Les homards s'agitèrent à son approche.

— Des homards ! s'écria Mitch. Que fêtons-nous ?

Le cœur de Brit s'accéléra dans sa poitrine.

— J'avais prévu de les faire cuire pour dîner, mais je suis incapable de les tuer. J'avais envie de me lancer dans la grande cuisine. Pour être sincère, je pensais que ce serait un jeu d'enfant, qu'il me suffirait de suivre la recette pour te confectionner un repas de roi.

— Je suis flatté que tu aies voulu me recevoir ainsi.

— Vraiment ?

En le voyant hocher la tête, elle reprit espoir. Peut-être se sentirait-il également flatté qu'elle lui propose de l'épouser…

— Tu veux que je m'en occupe ? reprit-il. Que je les fasse cuire ?

— Oh non ! Je les ai déjà baptisés Billy et Buddy. Sur le livre de cuisine, on dit de les jeter vivants dans l'eau bouillante, la tête en avant ! Sans doute pour ne pas les entendre hurler…

— Et que vas-tu en faire ? Tu peux difficilement les garder comme animaux de compagnie.

Elle se tourna vers lui, le vase à la main.

— Je crois que je vais leur rendre leur liberté, les remettre dans l'océan.

Mitch éclata de rire et elle sut que tout irait bien.

— Veux-tu te charger d'appeler le livreur de pizza ? Je vais me changer et faire un brin de toilette.

— Ne te casse pas la tête pour moi. Tu me plais telle que tu es.

— C'est vrai ? dit-elle dans un souffle en regardant son chemisier taché et son jean tout râpé.

— Oui, assura-t-il.

Et elle se rappela soudain qu'elle l'avait convié à ce dîner pour lui faire dire « oui » justement.

— J'en ai pour cinq minutes.

Quand elle revint, le livreur apportait une pizza géante et ils la dégustèrent avec une bonne bouteille de vin dans le salon.

— J'ai oublié de sortir le dessert du congélateur ! s'écria-t-elle soudain.

— Ne t'inquiète pas pour cela. Je n'aime pas tellement le sucré.

— Quelle horrible chose à annoncer à une boulangère !

— Brittany, qu'y a-t-il ? Depuis le moment où j'ai franchi le seuil de ta porte, je sens que quelque chose te tracasse. Tu es nerveuse, absente... Qu'est-ce qui te préoccupe ?

Elle prit une profonde inspiration.

— J'ai beaucoup réfléchi depuis deux jours, commença-t-elle. Laurie Rose a besoin d'un environnement stable. C'est bien ton avis, n'est-ce pas ? Tu m'as dit qu'on lui rendrait peut-être la liberté si elle avait un foyer digne de ce nom pour l'accueillir.

Il opina du menton. Imaginait-elle la lueur d'inquiétude qui traversa son regard ?

— Pour l'instant, je ne suis qu'une femme seule vivant dans un studio au-dessus de sa boulangerie... Mais si tu m'épousais...

Aussitôt, le visage de Mitch se ferma et elle comprit avec désespoir qu'elle avait perdu.

Il posa son assiette sur la table basse.

— Non.

Il paraissait furieux mais ses mots étaient mesurés, calmes, glacés.

— Tu vois, Brit, toute ma vie, les gens ont eu besoin de moi. Ma mère, mes frères et sœur et même, dans une certaine mesure, mes parents adoptifs. Au fond de moi, je continue à espérer, même si cette notion paraît stupide et démodée, que je me marierai un jour parce qu'une fille m'aimera. Et que je l'aimerai. Est-ce trop demander ?

La gorge serrée, elle secoua la tête, se mordant les lèvres pour ne pas fondre en larmes. Dans un sursaut de dignité, elle s'interdit de se jeter à ses pieds pour lui avouer la vérité.

Quelle ironie ! Si elle avait simplement ouvert son cœur et dit l'amour fou dont elle brûlait pour lui, il ne serait pas en train d'attraper sa veste et de se diriger vers la porte.

Sans un regard en arrière, il s'en alla. Brittany s'écroula sur le canapé en sanglotant.

9.

Mitch se rendit compte qu'il roulait trop vite et leva le pied de l'accélérateur. Conscient de sa nervosité, il préféra s'arrêter pour faire quelques pas. Il grimpa en haut d'une falaise et contempla l'océan.

Il ne savait plus où il en était. La veille, lorsqu'il avait débarqué chez Brittany au petit matin, qu'elle l'avait installé sur son canapé et laissé s'épancher sur son épaule, il s'était senti si bien avec elle.

Et il avait eu envie de passer avec elle le reste de son existence.

Puis il était allé acheter la bague. En acceptant son invitation à dîner, il était bien décidé à lui demander sa main.

Mais elle l'avait poussé à bout et, hors de lui, il était parti en claquant la porte. Il refusait d'épouser une femme simplement parce qu'elle avait besoin de lui.

Si elle avait été amoureuse de lui, si elle lui avait fait comprendre que le souvenir de son corps nu dans la mer la hantait, qu'elle le désirait si fort qu'elle n'en dormait plus… Alors oui, il lui aurait passé la bague au doigt !

Il avait espéré qu'elle partageait la passion qu'il éprouvait pour elle, qu'elle voulait se marier avec lui pour passer des nuits entières à lui parler, pour lui confier ses rêves et ses espoirs, pour rire avec lui…

Imbécile ! se dit-il. Il lui faut un mari pour devenir pleinement propriétaire de sa boulangerie et venir en aide à Laurie Rose. N'importe quel homme ferait l'affaire ! Toi ou un autre, elle s'en moque ! Elle ne t'aime pas !

Ecœuré, il sortit de sa poche l'écrin qui contenait la bague et la regarda. Il était prêt à la jeter à la mer.

Mais, au dernier moment, un instinct l'en empêcha.

A contrecœur, il remit la petite boîte dans sa poche et retourna vers sa voiture.

Pourquoi ne pas lui avoir avoué la vérité ? se demanda Brit pour la énième fois de la journée. Pourquoi ne lui avait-elle pas dit qu'elle était folle amoureuse de lui ?

Elle se rendit compte soudain que, toute sa vie, elle avait joué un rôle. Elle donnait l'image d'une femme extravertie et drôle, un peu fofolle, tirée à quatre épingles, toujours prête à faire la fête et sur qui on pouvait compter pour mettre de l'ambiance.

Derrière cette façade de bonne vivante qui aimait s'amuser, se dissimulait en réalité une petite fille qui ne se consolait pas de l'absence de sa mère, qui avait douloureusement besoin d'affection. Elle avait si peur de sa propre sensibilité qu'elle laissait rarement des gens la deviner.

Voilà pourquoi elle avait caché à Mitch qu'elle l'aimait. Lui déclarer sa flamme aurait signifié laisser tomber le masque, prendre le risque de dévoiler son vrai visage.

Pour s'engager auprès de Mitch, elle devait lui ouvrir son cœur, apparaître telle qu'elle était vraiment. Or, elle n'était pas certaine d'avoir envie de s'exposer ainsi, de se mettre en danger.

Tant pis, se dit-elle.

Une idée lumineuse la traversa alors. Elle allait téléphoner à Farley. Lui ne lui demandait rien d'autre que d'être une jolie fille souriante capable de distinguer une robe Dior d'un tailleur de chez Chanel

Ses doigts tremblaient tandis qu'elle composait son numéro.

— Farley ? lui annonça-t-elle lorsqu'il décrocha. Votre future femme est à l'appareil.

Un rire cristallin dans la voix, elle s'exprimait d'un ton léger, pétillant, et une seule personne au monde aurait pu entendre, derrière cette gaieté factice, son cœur hurler. Et c'était celui qui le lui avait brisé.

Trois jours plus tard, elle sonnait à la porte d'Abby.

Brit aurait donné beaucoup pour ne pas être obligée de passer une nouvelle fois cette robe de mariée, mais comment aurait-elle pu l'expliquer à sa sœur ? Abby se serait empressée de lui poser mille questions auxquelles elle ne se sentait pas le courage de répondre.

Affichant un grand sourire, elle l'embrassa avec chaleur.

— Tu ne devineras jamais ce qui m'arrive !

Abby la regarda d'un air suspicieux, comme si elle n'était pas dupe de sa mine enjouée.

— Raconte, répondit-elle.

D'un geste théâtral, Brit lui tendit sa main gauche ornée d'un énorme diamant à l'annulaire.

Abby considéra le bijou avant de relever les yeux vers Brit.

— C'est curieux, je n'aurais jamais imaginé que Mitch puisse t'offrir ce genre de bague.

— Mitch ?

Brit se força à rire.

— Je n'épouserais pas ce rabat-joie, même si c'était le seul homme au monde !

— Oh, Brit !

— Tu ne veux pas savoir qui est l'heureux élu ? Tu ne te réjouis pas que je sois fiancée ?

— Qui est-ce ? s'enquit Abby à contrecœur.

— Farley Houser.

— Qui ?

— Un homme d'un certain âge, très distingué. Je t'ai déjà parlé de lui.

— Ce vieux type avec qui tu dansais le soir de mes noces ? Ce beau parleur ?

— Il n'est pas si vieux que ça ! Et que veux-tu dire par beau parleur ? Il est charmant, raffiné… et très riche.

— Brit !

— Tu devrais me féliciter, être heureuse pour moi et trouver merveilleux que je me marie bientôt ! A l'annonce de ton mariage avec Shane, j'ai eu une autre réaction.

— J'aimais Shane et il m'aimait.

— C'est un détail, rétorqua Brit avec légèreté.

— Et Mitch et toi êtes si visiblement faits l'un pour l'autre… Que pense-t-il de tes fiançailles ?

— Je ne le lui ai pas demandé et je ne compte pas le faire. Et je ne vois pas en quoi ce type raide et guindé, qui n'a aucun sens de la fête, pourrait me convenir.

— Il t'équilibre, Brit. A première vue, il est ton opposé mais, en réalité, vous vous complétez l'un l'autre. Il est ta moitié comme tu es la sienne.

— Ce ne sont que des considérations romantiques ridicules ! L'amour n'a rien à voir là-dedans.

— Aimer est merveilleux, répliqua sa sœur, têtue. Rien d'autre au monde ne vaut la peine de vivre.

— C'est un enfer, au contraire ! Il t'empêche de dormir, te rend incapable de savoir ce que tu fais, qui tu es…

— J'ai l'impression que ce n'est pas Farley Houser qui te met dans cet état-là.

— Bien sûr que non ! Lui est à mes pieds et j'en suis ravie.

— Vraiment ?

Avec désespoir, Brittany se rendit compte qu'une sœur lisait entre les lignes, décryptait la vérité qu'on voulait lui dissimuler et qu'il était pratiquement impossible de lui cacher quoi que ce soit. Il suffisait à Abby de la dévisager pour deviner les méandres de son âme.

Elle semblait sur le point de fondre en larmes et Brittany mesura à quel point elle la décevait.

La sonnette de l'entrée retentit.

— N'ouvrons pas ! s'écria Abby. Je n'ai envie de parler à personne pour l'instant.

— On croirait vraiment que tu viens d'apprendre la mort de quelqu'un et non pas mon prochain mariage. Ne sois pas stupide ! J'y vais.

Et Brittany se précipita à la porte pour y découvrir Mme Pondergrove. Elle se félicita de cette diversion qui détournait d'elle le regard lourd de reproche de sa sœur.

— Bonjour, madame ! Comment allez-vous ?

— Abby ?

Brit émit un petit rire qui parut forcé même à ses propres oreilles.

— Non, entrez.

— Je ne veux pas vous déranger. Je passais seulement pour m'enquérir de l'état d'avancement de la robe.

— Elle sera bientôt terminée, Angela, intervint Abby. Brit allait la mettre pour un ultime essayage. Voulez-vous la voir sur elle ?

— Cela ne vous ennuie pas ?

— Je serais très heureuse de vous servir de mannequin, assura Brit, sachant qu'elle n'en pensait pas un mot. Il se trouve que je vais justement me marier bientôt.

— Vous allez vous marier, ma chère ? s'exclama Mme Pondergrove. Je suis surprise que Jordan ne m'en ait pas parlé !

— Elle ne va pas épouser Mitch, expliqua sombrement Abby.

— Non ? Quel dommage ! Il me semblait si… parfait.

— L'heureux élu est Farley Houser, déclara Brit avec fierté. Nous irons à Las Vegas.

— A Las Vegas ? s'écria Mme Pondergrove, horrifiée. Et qui est ce Farley ? N'est-ce pas ce vieux type qui travaille chez Jordan ?

— Pas vieux, distingué, corrigea Brit.

— Distingué, répéta la vieille dame comme pour s'en convaincre. Mon Dieu !

Sans comprendre, Brit la dévisagea. Mme Pondergrove la connaissait à peine. Pourquoi semblait-elle prendre tellement à cœur la nouvelle ? Pourquoi paraissait-elle si attristée, si désespérée ?

Abby croisa les yeux de sa cliente et eut un haussement d'épaules résigné.

— Asseyez-vous, Angela. Vous êtes toute pâle ! Voulez-vous une tasse de thé pendant que Brit va se changer ?

— Volontiers, volontiers, répondit la vieille dame, l'air hagard.

Avec brusquerie, Brit s'empara de la robe de mariée. Elle allait l'essayer et l'ôter au plus vite. Elle monta la passer dans la salle de bains, tournant résolument le dos au miroir. Ne voulant pas se voir dans cette tenue, elle s'interdit de jeter le moindre coup d'œil à son reflet. Mais le satin lui murmurait quelque chose contre sa peau.

Reprends-toi ! se dit-elle, au bord des larmes.

Pour parvenir à surmonter cette épreuve, elle s'imagina être mannequin. Bien droite, le menton relevé, elle se dirigea d'une démarche souveraine vers le salon. Elle évita avec soin le regard des deux femmes qui l'attendaient.

Comme si elle participait à un défilé de mode à Paris, elle marcha lentement devant Abby et Mme Pondergrove puis, sur une pirouette, quitta la pièce.

Elle les entendit chuchoter dans son dos et se douta de la teneur de leurs propos. Depuis toujours, tout le monde désapprouvait sa conduite…

Après s'être rhabillée, elle revint dans le salon.

— Je vais vous laisser, leur lança-t-elle d'un ton pétillant. J'ai beaucoup à faire !

— Angela voudrait te dire quelque chose, lui annonça lentement Abby.

— Ma chère, j'aimerais vous offrir cette robe.

Interloquée, Brit écarquilla les yeux.

— Me l'offrir ?

— Oui, cela me ferait plaisir.

— Je ne peux pas accepter, protesta Brit avec véhémence. D'ailleurs, elle ne convient pas du tout pour le mariage auquel je me prépare.

Mme Pondergrove eut l'air consterné.

— Elle vous va à ravir, elle est faite pour vous ! Toute femme rêve d'être en beauté le jour de ses noces, non ?

— Je n'en ai pas envie, voilà tout, répondit fermement Brittany.

— J'insiste, ma chère enfant. Prenez-la et faites-en ce que vous voulez.

— Pourquoi tenez-vous tant à me faire ce cadeau ? Vous ne pouvez pas donner une telle robe à une parfaite étrangère.

La vieille dame rougit puis expliqua d'une voix douce et un peu tremblante :

— Contrairement à ce que vous pensez, vous n'êtes pas de parfaites étrangères pour moi. Je.. J'ai connu votre mère.

Aussitôt, Brit vit Abby se décomposer de stupeur et elle devina que la même expression se peignait sur son propre visage.

— Vous avez connu notre mère ? répétèrent-elles en chœur.

Mme Pondergrove semblait de plus en plus mal à l'aise.

— Très brièvement. C'est une longue histoire… un peu compliquée.

— Comment était-elle ? demanda Brittany. Etait-elle belle et gentille ? M'aimait-elle ? Nous aimait-elle ?

— Si elle vous aimait ? Oh ! ma chère petite ! s'exclama la vieille dame en fondant en larmes. Bien sûr qu'elle vous aimait !

Manifestement bouleversée, elle prit son sac et se dirigea vers la porte.

— Il faut que je rentre. Je suis désolée.

— Madame Pondergrove ! cria Brittany. Ne partez pas ! Vous semblez tellement émue.

Ne partez pas avant de nous avoir tout dit sur notre mère ! pensait-elle.

— Cela ira, cela ira, marmonna la vieille dame.

Et elle quitta la maison.

Les deux sœurs se dévisagèrent un moment.

— Elle connaissait notre mère ! murmura Abby.

— Je me demande pourquoi elle semblait tellement perturbée.

— C'est l'annonce de ton prochain mariage qui l'a mise dans cet état.

Le visage fermé, Brit déclara d'une voix tendue :

— En tout cas, je ne veux pas de cette robe !

— Pourquoi ?

— Parce que je la déteste et que je déteste tout ce qu'elle représente !

Sans répondre, Abby secoua la tête en la regardant tristement.

Lorsque sa secrétaire frappa à la porte de son bureau, Mitch
était plongé dans un volumineux dossier et ne releva même
pas la tête.

— Oui ? grogna-t-il.

— Je suis chargée de faire passer une enveloppe pour une
collecte, lui dit sa secrétaire. Suzie était terrifiée à l'idée de
vous parler.

— Suzie ? Terrifiée ? Et pourquoi ?

— Ne jouez pas les innocents ! Vous l'avez fait pleurer
hier !

— Moi ?

— Tout cela pour une erreur de frappe sans importance.

— Sur une adresse !

— Monsieur Hamilton !

— Je dois aller m'excuser ?

— Cela me semble une bonne idée... Quoi qu'il en soit, si
vous voulez verser une contribution...

Il chercha son portefeuille.

— Pour quoi les employés se cotisent-ils ?

— M. Houser se remarie. Aussi avons-nous pensé qu'il serait
sympathique de lui faire un cadeau de mariage. Suzie a proposé
de s'en charger.

Un grand froid envahit soudain Mitch. Il n'écoutait plus ce
que lui disait Millie.

— Qui ? demanda-t-il d'une voix blanche.

— Suzie. Comme je vous l'expliquais...

— Farley va épouser Suzie ? s'exclama-t-il, immensément
soulagé.

138

— Monsieur Hamilton ! s'écria Millie d'un ton de reproche. Suzie est mariée depuis deux ans avec la crème des hommes. Elle s'occupe seulement du cadeau !

Lentement, en articulant pour être certain de bien se faire comprendre, il répéta sa question.

— Qui Farley va-t-il épouser ?

— Une de ces triplées qui sont venues à l'étude, il y a quelques mois. Vous vous souvenez certainement d'elles ! On n'a pas si souvent l'occasion de rencontrer trois jeunes femmes aussi semblables ! Bien sûr, tout le monde pense qu'elle est un peu jeune pour lui, mais il est très amoureux. Je ne l'ai jamais vu aussi heureux. Il a l'air d'avoir dix ans de moins. Monsieur Hamilton ! Que faites-vous ? Où allez-vous, monsieur Hamilton ?

Mitch sentait son sang cogner contre ses tempes. Son côté rebelle avait refait surface et il ne pouvait plus l'arrêter.

En un temps record, il parcourut la distance qui le séparait du bureau de Farley. Sans frapper, il y entra comme une tornade.

— Si vous l'épousez, Farley, dit-il, le souffle court, je vous tue à mains nues.

Comment osait-il proférer de telles menaces ? s'interrogea Mitch. Mais le pire était qu'il en pensait chaque mot. Il l'étranglerait, oui, il s'en sentait parfaitement capable !

Stupéfait, Farley le regarda un instant, mais reprit vite contenance.

— Désirez-vous vous asseoir ? s'enquit-il avec une pointe de sarcasme.

— Non.

— Elle m'a demandé ma main, expliqua-t-il d'une voix mielleuse. Il aurait fallu être fou pour refuser !

Mitch croisa les bras sur sa poitrine et fixa son rival droit dans les yeux. Les siens lançaient des éclairs.

— Elle vous a donné votre chance, poursuivit Farley.

— Qu'en savez-vous ?

— Elle me l'a dit.

Comment Brittany avait-elle pu parler de lui à ce sinistre imbécile ? De quel droit ? Que lui avait-elle confié ? Et avait-elle vu souvent Farley ? L'avait-elle embrassé ?

Peut-être allait-il le tuer tout de suite. Il lui suffirait de l'attraper par le cou et de serrer, serrer…

— Mitch, ne me regardez pas comme cela ! Soyez logique, bon sang ! Vous n'avez pas voulu l'épouser. Qu'aviez-vous l'intention de faire ? De l'enfermer dans un couvent ? Ou alors… essayez-vous de me faire comprendre que tout n'est pas terminé entre vous deux ?

Mitch se retrouvait au pied du mur. A présent, il n'avait plus le choix : il fallait qu'il prenne une décision. Avec un soupir, il se jeta à l'eau.

— Oui, déclara-t-il, il y a toujours quelque chose entre nous.

Farley le considéra un long moment.

— Dans ce cas, pourquoi avoir refusé de lui passer la bague au doigt ?

— Elle voulait se marier avec moi pour de mauvaises raisons.

— Lesquelles, par exemple ?

— Ecoutez, Farley, connaissant votre passé, je me doute que vous aurez du mal à le croire, mais j'ai envie d'épouser une femme qui soit amoureuse de moi.

— Je vais être franc avec vous, Mitch. Vous ne la méritez pas. Vous êtes-vous jamais demandé ce dont elle avait envie, elle ? Ce dont elle avait besoin, elle ?

Stupéfait, Mitch reconnut qu'il ne s'était, en effet, jamais posé cette question. Et, à la réflexion, il se rendit compte qu'en tout cas, Brittany n'avait besoin ni d'une boulangerie ni de Laurie Rose.

Soudain il la vit petite fille, dans sa jolie robe, mourant d'envie d'être aimée pour autre chose que sa beauté. Il repensa à son souci d'être toujours parfaite, élégante, à ses efforts pour afficher en permanence une mine enjouée malgré la tristesse de son regard.

Il comprit ce dont elle avait besoin. Et qu'il était le seul homme au monde à pouvoir le lui donner.

— Elle est trop jeune pour moi, poursuivit Farley tristement. Je l'ai toujours su, mais j'ai voulu prendre mes désirs pour la réalité.

Il dévisagea Mitch d'un air pénétrant.

— Vous êtes amoureux d'elle, fiston ? demanda-t-il avec douceur.

La rage qui habitait Mitch tomba d'un coup. Se laissant choir sur une chaise en face de son rival, il hocha la tête.

— Ce que vous pouvez être stupide ! Vous rendez-vous compte à quel point ? C'est tellement rare d'aimer, d'aimer vraiment. Allez-vous jeter cela aux orties par orgueil ? Par fierté mal placée ?

— Non, répondit Mitch d'une voix devenue aussi forte que sa détermination. Non, je ne ferai pas une chose pareille.

Avec un gros soupir, Farley sortit deux billets d'avion de la poche intérieure de son veston et les lui tendit.

— Ils sont à vous, dit-il. Je n'en ai plus besoin.

Deux allers et retours pour Las Vegas, ce week-end. Mitch frissonna en comprenant à quel point il avait été près de tout perdre.

Farley s'empara de son téléphone.

— Si vous la rendez malheureuse, je vous tuerai. A mains nues ! déclara-t-il.

Puis il demanda à sa secrétaire de lui passer un de ses clients avant de faire pivoter son fauteuil de cuir vers la fenêtre.

Mitch comprit que la seule manière de remercier Farley de sa générosité était de partir sans rien ajouter. Et surtout de faire mine d'être dupe du détachement qu'il affichait.

10.

Par comparaison avec les semaines précédentes, la journée commençait bien, pensa Brit.

Luigi, le boulanger, avait paru très affecté en apprenant les ennuis de Laurie Rose. En entendant Brit lui exposer la manière dont elle comptait résoudre le problème, il s'était écrié d'un air scandalisé :

— Vous n'allez quand même pas épouser cet homme, mademoiselle ! Il n'est pas pour vous.

— Lui ou un autre, quelle importance ? Qu'avez-vous donc tous contre Farley ? Il est charmant.

Au regard lourd de mépris que lui jeta alors Luigi, Brit eut honte d'elle-même.

Puis Luigi avait passé la matinée pendu au téléphone à palabrer en italien d'un ton passionné. A la fin, il avait expliqué à Brit que sa femme et lui proposaient d'accueillir Laurie Rose chez eux pour lui donner un foyer stable. Rendez-vous était pris avec une assistante sociale pour en discuter.

— Nous avons déjà neuf enfants, lui dit-il. Une de mes filles, Salina, a l'âge de Laurie Rose. Elles pourront partager la même chambre.

— Neuf enfants !

— Et je suis donc bien placé pour savoir à quel point il est important de ne pas épouser n'importe qui pour fonder une famille. Vous devez vous marier avec celui qui fait battre votre cœur, mademoiselle.

Ainsi les problèmes de Laurie semblaient en bonne voie de résolution. Et, un bonheur n'arrivant jamais seul, Brittany découvrit que le chiffre d'affaires de la boulangerie ne cessait de s'accroître et que les comptes faisaient enfin apparaître un bénéfice.

Elle put donc s'offrir un délicieux poulet grillé pour son dîner, ce qui la changea agréablement des boîtes de thon dont elle se nourrissait depuis des semaines.

Enfin, malgré l'absence de Laurie Rose, Brittany s'aperçut qu'elle parvenait à s'en sortir. La boutique n'étincelait peut-être pas autant que lorsque l'adolescente passait son temps à tout briquer, mais il n'y régnait pas non plus le chaos indescriptible du début.

Alors, puisque tout semblait aller pour le mieux dans le meilleur des mondes, pourquoi s'apprêtait-elle à se coucher à 7 heures du soir dans un horrible pyjama de flanelle ? Et pourquoi se sentait-elle si mal ?

En vérité, même si elle tentait par tous les moyens de le nier, elle était ravagée de chagrin.

Farley le savait. Sans se laisser duper par sa gaieté apparente, il avait rapidement compris qu'elle l'épousait par dépit. Brit ne lui avait pas caché qu'elle sortait d'une déception amoureuse, ni qu'elle devait se marier pour remplir une condition attachée à son legs et aussi pour tenter de sortir Laurie Rose de ses difficultés.

Malgré les scrupules de la jeune femme, Farley avait assuré que cela importait peu pour lui. Les mariages de raison ne sont pas forcément les moins réussis, avait-il déclaré avec philosophie.

Pendant des années, personne n'avait deviné qui était la véritable Brittany, celle qui se cachait derrière la fille pétillante

144

toujours prête à rire et à faire la fête. A présent, tout le monde semblait le savoir.

Enfin, puisque les choses s'arrangeaient pour Laurie Rose, cela avait-il encore un sens de s'engager avec Farley ?

Bang, bang, bang.

N'ayant pas la moindre envie de bouger, Brit s'enfonça sous ses draps. Néanmoins, lorsque les coups redoublèrent sur la porte, il lui fallut se rendre à l'évidence : son visiteur continuerait jusqu'à ce qu'elle se décide à lui ouvrir.

Avec un soupir exaspéré, elle rejeta ses couvertures.

Un livreur se tenait sur son palier, portant un gros paquet. Elle sut immédiatement de quoi il s'agissait.

— Je n'en veux pas, dit-elle en tentant de refermer la porte.

D'un geste prompt, son interlocuteur glissa un pied dans l'embrasure pour l'en empêcher.

— Mademoiselle, je suis payé pour porter des colis. Alors, je vous en prie, prenez-le et signez ce reçu. Si la marchandise ne vous plaît pas, vous pourrez toujours la jeter à la poubelle. Ne me compliquez pas la vie ! Je n'ai pas que ça à faire !

Interloquée, elle prit la feuille et le stylo que l'homme lui tendait d'un air déterminé. Elle signa et il lui remit le paquet avant de s'en aller sans se retourner.

Restée seule, Brittany regarda la boîte. Elle n'allait pas la mettre au vide-ordures. Peut-être n'aurait-elle pas hésité à l'époque où elle ignorait la chance que représentait le fait de pouvoir s'offrir un poulet pour dîner, mais plus maintenant.

Pourtant, au fond d'elle-même, elle savait que cela était sans rapport avec la valeur marchande de son contenu, ni même avec les heures de travail que cela représentait pour Abby.

Elle posa le paquet sur la table de la cuisine. Délibérément, elle prit le temps de mettre la bouilloire sur le feu, de sortir une tasse, du sucre… Ce n'est qu'après avoir bu la première gorgée de café qu'elle admit que ce colis ne la laissait pas du tout indifférente.

Furieuse de sa faiblesse, elle s'en empara et déchira l'emballage.

Elle découvrit la robe de mariée, soigneusement pliée dans du papier de soie. Incapable de s'en empêcher, elle passa les doigts sur le tissu soyeux. Ce merveilleux vêtement semblait détenir des pouvoirs magiques. Elle ne parvenait pas à en détacher les yeux.

Puis elle remarqua une lettre glissée à l'intérieur et s'en saisit d'une main tremblante.

« Ma chère Brittany,

» Je suis profondément désolée de ma conduite, l'autre jour, et de la manière abrupte dont je vous ai appris que je connaissais votre mère.

» Je l'ai rencontrée brièvement à un moment tragique de son existence. J'avais l'intention de vous en parler, ainsi qu'à vos sœurs, lorsque le moment paraîtrait favorable.

» A présent, je vais m'éloigner quelque temps. Je suis très ennuyée de ce qui s'est passé et je regrette sincèrement de vous avoir bouleversée.

» Pourtant, je ne peux pas partir sans vous révéler une vérité que toute femme doit savoir :

» L'amour est la seule chose qui compte au monde.

» Et je vous supplie de le laisser guider votre vie. Je vous le demande à genoux.

» Votre mère, si elle avait vécu, vous aurait parlé comme je me permets de le faire.

Angela Pondergrove. »

Les larmes aux yeux, Brittany lut et relut les deux dernières phrases. « Je vous le demande à genoux. Votre mère, si elle avait

146

vécu, vous aurait parlé comme je me permets de le faire »… et soudain, elle éclata en sanglots.

Beaucoup plus tard, lorsqu'elle commença enfin à se calmer, elle caressa la robe avec tendresse, avec respect.

Je ne vais pas la passer, se dit-elle. Si je la mets, je n'épouserai pas Farley Houser.

Elle le lui avait promis pourtant, quelques jours plus tôt, et en avait même parlé à la moitié de la ville comme pour s'en convaincre.

A moins que ce ne soit pour s'empêcher de revenir vers Mitch…

Mitch qui ne donnait plus signe de vie…

S'il n'avait aucune intention de s'engager avec elle, quelle importance si elle épousait Farley ou un autre ?

Dans un état second, elle se déshabilla.

Comment aurait-elle pu résister ? Elle mourait d'envie de se contempler une nouvelle fois dans cette tenue magnifique !

Elle tremblait en l'enfilant. Cette robe lui allait comme une seconde peau, le satin et le tulle semblaient prendre vie sur elle.

Quand elle s'autorisa enfin à se regarder dans le miroir, un profond apaisement l'envahit. Elle vit le reflet d'une femme amoureuse, aux yeux brillants, au sourire éclatant et sut qu'elle ne se marierait jamais avec Farley Houser.

Tant pis si elle perdait la boulangerie ! Cela n'avait pas d'importance et, si Luigi ne tenait pas sa promesse, elle trouverait un autre moyen d'aider Laurie Rose.

Comme Angela avait raison ! L'amour était la seule chose qui comptait !

Apaisée, heureuse, elle se mit à tourbillonner dans la pièce.

Elle dansait avec celle qui avait appris à tenir une boutique, à ranger ses affaires, à nettoyer son intérieur, qui avait réussi à affronter l'adversité, à se battre contre vents et marées, à aller au bout de ses rêves.

Dans ce combat, elle était devenue une femme à part entière, une femme forte et pleine de ressources, créative et passionnée, une femme adulte capable de s'assumer.

Et c'était cette femme qui était tombée amoureuse de Mitch Hamilton.

Brit comprit pourquoi elle avait dû venir à Miracle Harbor. Ce n'était pas pour y tenir une boulangerie ni pour se marier, mais pour laisser s'accomplir ce miracle à l'intérieur d'elle-même, pour que la femme puisse enfin prendre la place de la petite fille.

Et un jour, elle le savait avec certitude, un homme aimerait cette femme et elle l'épouserait.

Elle allait garder cette robe pour ce jour-là, pour le jour où elle se marierait par amour, avec celui dont elle serait folle amoureuse.

Le visage de Mitch s'imposa alors à elle et elle éclata en sanglots.

Elle cessa soudain de pleurer en entendant des coups frappés à la porte.

Avec un froncement de sourcils, elle se souvint avoir oublié de donner un pourboire au livreur. Sans doute revenait-il chercher son dû… Tant pis, elle n'avait aucune envie de le revoir ! Ignorant les coups impatients, elle monta le son de la sono.

— Brit, si tu n'ouvres pas, je défonce la porte !

En reconnaissant la voix de Mitch, Brittany comprit qu'elle avait toujours su qu'il viendrait. D'ailleurs, tout le monde le savait : sa sœur, Mme Pondergrove, Luigi, et même Farley !

Elle se précipita vers l'entrée.

Mitch se tenait sur le palier, mal rasé, les cheveux en bataille… Son guerrier rentrait après avoir mené de dures batailles pour le bien de tous.

148

Elle fut certaine qu'il ne remarqua même pas sa robe.

Il vit ce qu'il avait toujours vu en la regardant : elle. Elle, telle qu'elle était vraiment.

Lorsqu'il s'avança, elle se jeta dans ses bras et, avec un gros soupir, il la serra contre lui.

Elle l'étreignit avec force en répétant son nom. Puis elle le sentit se détendre contre elle, s'abandonner. Lui non plus ne cherchait plus à se protéger, à se défendre. Il la couvrait de baisers.

— Brit, je suis désolé, pardonne-moi.

— Te pardonner ? Mais quoi ?

— De ne pas avoir accepté de t'épouser, de ne pas avoir entendu ce que tu ne disais pas mais qu'il aurait fallu pourtant être sourd pour ne pas entendre… Que tu m'aimais.

— Oui, reconnut-elle enfin. Je t'aime.

Lui révéler ce secret qu'elle gardait au fond d'elle-même depuis si longtemps lui donna des ailes. Elle eut soudain envie de rire, de chanter, de danser.

— Moi aussi, je t'aime, Brit. Peut-être depuis le premier instant où je t'ai vue dans le bureau de mon père. J'ai senti alors que ton âme touchait la mienne, que tu étais celle qui allait la libérer, illuminer mon univers, apporter la joie dans mon cœur.

— Mitch…

— Attends… J'ai une confession à te faire. Aujourd'hui, j'ai menacé Farley de le tuer de mes propres mains s'il t'épousait.

— Le mauvais garçon s'est exprimé, commenta-t-elle placidement.

— Je n'avais pas le droit de lui parler ainsi, Brit ! J'ai eu tort…

— Mais non ! Tu sais aussi bien que moi que je ne me serais pas mariée avec lui. Tout le monde le savait, même lui. Mais nous deux avons simplement été les derniers à le comprendre. Comment aurais-je pu l'épouser, Mitch, alors que je suis folle amoureuse de toi ? Comment aurais-je pu faire un mensonge aussi monstrueux ? Comment ai-je pu seulement l'envisager ?

Un sourire radieux se peignit sur les lèvres de Mitch. Une petite lueur qu'elle connaissait bien s'alluma dans ses yeux.

Brittany eut soudain l'impression que toute sa vie jusqu'à présent avait été un désert qu'il lui fallait traverser pour vivre cet instant, pour se prouver à elle-même qu'elle pouvait aimer et être aimée.

Mitch l'embrassait avec fougue.

— Veux-tu aller à Las Vegas pour m'épouser ce week-end ? proposa-t-il. J'ai les billets d'avion.

— Oh non ! répondit-elle avec fermeté.

Surpris, il la regarda sans comprendre.

— Nous allons célébrer nos noces ici, dans cette ville. Et je sais où, l'endroit est tout trouvé. Il s'appelle l'Espoir. Si nous ne les invitons pas à notre mariage, les gosses ne nous le pardonneront jamais.

— Tu veux te marier au centre de réinsertion ?

— J'en meurs d'envie.

— Je ne suis pas sûr que tes parents apprécieront le quartier…

— Leur approbation m'importe peu, à présent. J'ai mûri. Et peut-être y apprendront-ils quelque chose, eux aussi.

— Comme quoi ?

— Que l'amour fait des miracles. Tout le temps. Partout. Là où on lui donne une chance de s'enraciner.

Ému, Mitch la serra contre lui à l'étouffer et ils restèrent un long moment lovés dans les bras l'un de l'autre. Le cœur battant, ils se jurèrent de s'aimer corps et âme toute leur vie avant de sceller leur bonheur à venir par un baiser passionné.

Le nouveau visage
de la collection Or

◆

AMOURS D'AUJOURD'HUI

Afin de mieux exprimer sa modernité et de vous séduire encore davantage, votre collection Or a changé de couverture et de nom depuis le 1er mars 1995.

Rassurez-vous, les romans, eux, ne changent pas, et vous pourrez retrouver dans la collection **Amours d'Aujourd'hui** tous vos auteurs préférés.

Comme chaque mois, en effet, vous y attendent des héros d'aujourd'hui, aux prises avec des passions fortes et des situations difficiles...

COLLECTION
AMOURS D'AUJOURD'HUI :
Quand l'amour guérit des blessures de la vie...

Chère lectrice,

Vous nous êtes fidèle depuis longtemps?
Vous venez de faire notre connaissance?

C'est pour votre plaisir que nous avons
imaginé un rendez-vous chaque mois
avec vos auteurs préférés, vos
AUTEURS VEDETTE dans les
collections Azur et Horizon.

Les AUTEURS VEDETTE vous
donneront rendez-vous pour de
nouveaux livres vedette.

Pour les reconnaître, cherchez
l'étoile... Elle vous guidera!

Éditions Harlequin

LE FORUM DES LECTEURS ET LECTRICES

CHERS(ES) LECTEURS ET LECTRICES,

VOUS NOUS ETES FIDÈLES DEPUIS LONGTEMPS?

VOUS VENEZ DE FAIRE NOTRE CONNAISSANCE?

SI VOUS AVEZ DES COMMENTAIRES, DES CRITIQUES À
FORMULER, DES SUGGESTIONS À OFFRIR, N'HÉSITEZ
PAS… ÉCRIVEZ-NOUS À:

        LES ENTERPRISES HARLEQUIN LTÉE.
        498 RUE ODILE
        FABREVILLE, LAVAL, QUÉBEC.
        H7R 5X1

C'EST AVEC VOS PRÉCIEUX COMMENTAIRES QUE NOUS
ALLONS POUVOIR MIEUX VOUS SERVIR.

DE PLUS, SI VOUS DÉSIREZ RECEVOIR UNE OU
PLUSIEURS DE VOS SÉRIES HARLEQUIN PRÉFÉRÉE(S)
À VOTRE DOMICILE, NE TARDEZ PAS À CONTACTER LE
SERVICE D'ABONNEMENT; EN APPELANT AU
(514) 875-4444 (RÉGION DE MONTRÉAL) OU 1-800-667-4444
(EXTÉRIEUR DE MONTRÉAL) OU TÉLÉCOPIEUR
(514) 523-4444 OU COURRIER ELECTRONIQUE:
AQCOURRIER@ABONNEMENT.QC.CA OU EN ÉCRIVANT À:

        ABONNEMENT QUÉBEC
        525 RUE LOUIS-PASTEUR
        BOUCHERVILLE, QUÉBEC
        J4B 8E7

MERCI, À L'AVANCE, DE VOTRE COOPÉRATION.

BONNE LECTURE.

HARLEQUIN.

VOTRE PASSEPORT POUR LE MONDE DE L'AMOUR.

ROUGE PASSION

De fiévreuses histoires d'amour sensuelles!

De provocantes histoires d'amour passionnées et romantiques qu'on lit d'une seule traite. Aventureuses, parfois humoristiques, et sensuelles, elles mettent en vedette des hommes et des femmes d'aujourd'hui.

ROUGE PASSION... trois nouveaux titres chaque mois.

GEN-RP-R

La COLLECTION AZUR

Offre une lecture rapide et

- ☑ *stimulante*
- ☑ *poignante*
- ☑ exotique
- ☑ contemporaine
- ☑ romantique
- ☑ *passionnée*
- ☑ *sensationnelle!*

*COLLECTION AZUR...des histoires
d'amour traditionnelles qui vous
mènent au bout monde!
Cinq nouveaux titres chaque mois.*

GEN-RP-R

HARLEQUIN

COLLECTION
ROUGE PASSION

- Des héroïnes émancipées.
- Des héros qui savent aimer.
- Des situations modernes et réalistes.
- Des histoires d'amour sensuelles et provocantes.

LAISSEZ-VOUS TENTER
par 3 titres irrésistibles
chaque mois.

♉ ♊ ♋ ♌ ♍

69 **L'ASTROLOGIE EN DIRECT**
TOUT AU LONG
DE L'ANNÉE. ♒

(France métropolitaine uniquement)
Par téléphone 08.92.68.41.01
0,34 € la minute (Serveur SCESI).

Composé et édité
PAR LES ÉDITIONS HARLEQUIN
Achevé d'imprimer en novembre 2003

BUSSIÈRE

GROUPE CPI

à Saint-Amand-Montrond (Cher)
Dépôt légal : décembre 2003
N° d'imprimeur : 36910 — N° d'éditeur : 10283

Imprimé en France